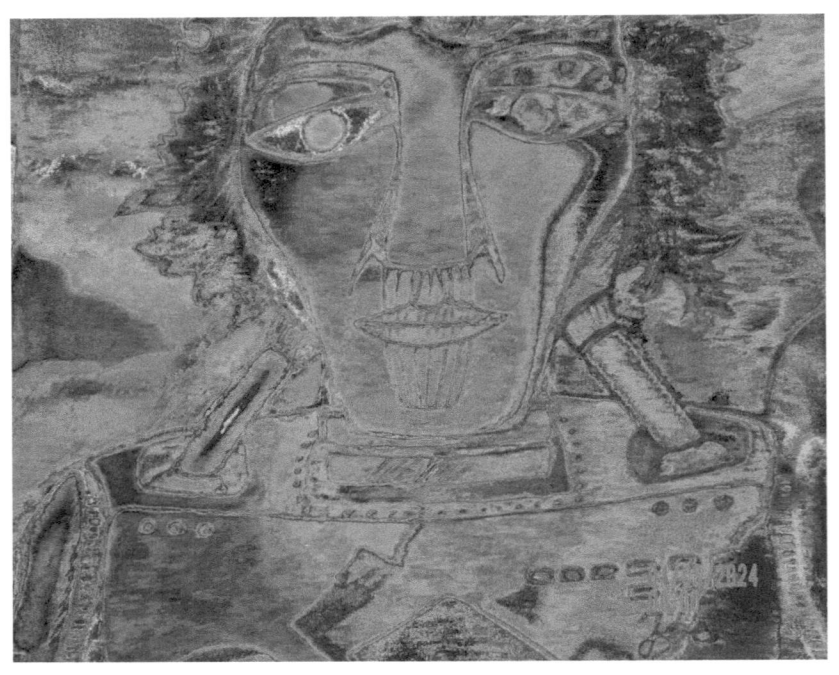

Joe Klein – alias Forget... der Zeitreisende, wie er sich im Wasser gespiegelt selbst sieht.

Impressum, Herstellung und Verlag

© by Friedrich Schmidt 2024

ISBN: 978-3-7583-4261-5

Bibliografische Information der deutschen Nationalbibliothek.
Die Deutsche Nationalbibliothek verzeichnet diese Publikation
in der Deutschen Nationalbibliografie: detaillierte
bibliografische Daten sind im Internet über dnb.d-nb.de
abrufbar.

Verlag:

BoD • Books on Demand GmbH,
In de Tarpen 42, 22848 Norderstedt

Druck: Libri Plureos GmbH, Friedensallee 273,
22763 Hamburg

Inhalt

Über den Autor

Friedrich Schmidt, geboren – 1962 in Saarbrücken,
begann seine schriftstellerische Laufbahn
mit der Sciense Fiction.
Nun, nicht ganz, denn seine ersten Werke waren
„Gute-Nacht-Geschichten" -
die er für seine Kinder schrieb.
Veröffentlicht wurde aber 1999 sein erster S.F.-Roman
mit dem Titel: Weg ins Licht... und zurück,
erschienen im R.G. Fischer Verlag.
Doch dabei blieb es nicht.
Es folgten mehrere Dramen
und ein Gedichtband mit Kurzgeschichten.

Er liebt beim Schreiben, wie er sagt, das weglassen.
Ohne Umschweife eine Story erzählen – das ist sein Credo.
Daher – viel Spaß an den folgenden Seiten!

Mitwirkende:

Astronauten-Kollegen:
Ben Yudaha (Nachname = Bedeutung: Jene, die im Norden leben...)
Karl Tanner
Joe Klein – Held der Geschichte
Conny Klein – Ehefrau
Mai Klein – Tochter
Max Klein - Opa
Armin Klein – Vater
Christel Klein – Mutter

Torvi – Konstrukteurin des Raumschiffs und weitere Kollegen der Bodenstation

Dr. Lang – Arzt von Joe
Vincent Groß - Übersetzer
Leha und Ka – Bewohner des Planeten Hope

Die Geschichte spielt zum Teil auf dem Planeten Proxima Centauri – genannt Hope

Bisher von Friedrich Schmidt erschienen:

Weg ins Licht... und zurück (SF)
1999 im R.G. Fischer Verlag

Was war wird sein (SF)
2018 Twentysix-Verlag

Lemmy, ich brauch´ dich (Teil-biographisch)
2019 Twentysix-Verlag

Tod oder Liebe – Lisa (Liebesdrama)
2019 Twentysix-Verlag

Mond 99 (SF-Drama/Fantastisch)
2020 Twentysix-Verlag

Die Frau des Teufels (Liebesdrama/Gedichte)
2022 Twentysix-Verlag

Headfield´s Erbe (SF-Krimi/Drama)
2023/24 Twentysix-Verlag

Tod den Killern (Krimi)
2024 BoD-Verlag

Und nun: Forget, der Zeitreisende... SF-Drama
BoD-Verlag

Für Inge

… die seit Jahren an meiner Seite Steht.
Aber auch für andere der Familie...

Roman

von

Friedrich Schmidt

Forget, der Zeitreisende

Ein Märchen aus der Zukunft...

–   Und die Kurzgeschichte: Die Wahrheit über Lady D

Prolog
Es war einmal ein Mann, der in seiner Jugend viel Leid erlebt hat. Dies ist die Geschichte, die daraus entstand...

Joe´s Opa war nach dem zweiten Weltkrieg, in die neue Welt, wie er es nannte, mit seinen Eltern ausgewandert. Er war noch sehr jung – selbst noch ein Kind von zehn Jahren, als sie, wie die Meisten, erst einmal in New York am Hafen gelandet waren. Das war 1949. Von Weitem schon hatte sie alle die Freiheitsstatue quasi winkend begrüßt. Jedenfalls wirkte es so. Dort, im Staat New York, hatte Opa später dann die Oma kennengelernt. Die Beiden lebten dort dann auch, genau wie Joe´s Eltern, bis an ihr Lebensende. Joe selbst ist auch in dem kleinen Ort, Namens Batavia, auf die Welt gekommen. Dort lebten keine 20000 Menschen, aber für die gesamte Familie Klein ist der Ort zur (zweiten) Heimat geworden. Denn die Gegend war für ihre Schönheit bekannt und man konnte sich dort wohlfühlen. Obwohl die Witterungsverhältnisse nicht die Besten sind. Die Sommer können dort sehr heiß werden und die Winter können genauso kalt sein – ins andere Extrem. Aber es erinnerte vieles an die alte Welt, hatte Opa mal gesagt. Die großen Felder, wo alles mögliche angebaut wurde und weite Wälder wo Eichen und Tannen standen.

Die Erlebnisse in Deutschland, also zu der Zeit als sie auswanderten, waren für beide Eltern und ihr Kind so schlimm, dass sie in Deutschland keine Perspektive mehr sahen, und von dort nur noch weg wollten. Alles war in Schutt und Asche. Kein Stein stand mehr auf dem Anderen, hatte Opa immer gesagt. Obwohl er noch klein war, konnte er sich an jedes Detail erinnern. Ihr ganzer Ort – von dem sie herkamen, war quasi dem Erdboden gleichgemacht. Gott sei Dank hatten sie, zu dem Zeitpunkt, in einer etwas ruhigeren Gegend überlebt und etwas Geld. Damit konnten sie sich die Überfahrt leisten. Ansonsten besaßen sie nur ihre Habseligkeiten – das, was in ihren Koffern war!

Der Opa von Joe, sein Name war Max, hatte seinem Enkel immer viel von der alten Welt erzählt. Auch noch, als er schon erwachsen war. Es schien ihm immer wichtig zu sein, seinen Enkel zu lehren, was gut und richtig war – oder eben, was falsch oder niederträchtig sein kann. Joe hatte den Geschichten seines Opas auch stets interessiert zugehört und sich auch alles behalten. Der Opa wusste, dass es wichtig war, dass wenn ein Kind heranwächst, das Kind zu dieser Zeit viel für sein gesamtes Leben lernen kann. Und dies gab er weiter – in gutem Gewissen, das Richtige zu tun.

Und der Opa sah sich bestätigt, denn er und natürlich auch die Oma und Joe´s Eltern, stellten mit Freuden fest, dass mit Joe ein problemloses Kind heranwuchs. Joe war nie, bis auf eine Erkältung, ernsthaft Krank gewesen. Die Schule durchlief er quasi im Schnelldurchlauf, da er eine Klasse überspringen konnte, und auch den Abschluss früher als die Anderen machen konnte.

Aber schon viel früher, etwa mit zehn Jahren, kristallisierte sich bei Joe heraus, dass er fasziniert vom Weltall war. An jedem wolkenfreien Abend schaute er, Sommer wie Winter, zu den Sternen. Sein Vater Armin hatte ihm irgendwann ein Teleskop gekauft. Es war relativ klein, und nicht so leistungsstark, wie Joe es sich gewünscht hätte, aber er konnte damit einige der Planeten im Sonnensystem ganz gut erkennen. Selbst die vier größten Monde von Jupiter, konnte man als kleine Lichtpunkte gut erkennen. Das Beobachten von den Monden machte dem kleinen Joe am meisten Spaß. Die Monde bewegten sich eben und waren am Folgetag immer an einem anderen Standort wie tags zuvor.

Dort wolle er einmal hin, hatte er seinen Eltern gesagt. Die hatten es zunächst nur lächelnd zur Kenntnis genommen und ihn nicht ernst genommen. Sein Entschluss stand damals aber schon fest – er wollte Astronaut werden. Später, als Joe bereits erwachsen war, wollte er immer noch diesen Beruf erlernen. Seine Eltern (Opa nicht!) versuchten es ihm auszureden. Wahrscheinlich dachten sie, dass die Raumfahrtbehörde ihn doch nicht annehmen würde – sie wollten ihn also nur vor Enttäuschungen schützen, wie Joe immer vermutete. Nun, er ließ es sich nicht ausreden. Er schrieb sich in allen notwendigen Schulen ein. Man konnte sagen, dass er sich mit vollem Elan seinem Ziel zuwandte. Er wollte es eben wirklich – Astronaut werden! So, wie andere Jungs seiner Schule Feuerwehrmann werden wollten.

Joe durchschritt also alle Schulen. Auch die unwegsamen! Bis er eines glorreichen Tages auch die letzte Prüfung mit Bravour bestanden hatte. Seine Eltern, die das alles ja nie gewollt hatten, waren natürlich doch stolz auf ihn. Seinem Opa war von vornherein klar, dass Joe es schaffen würde. Er kannte seinen Enkel wohl am Besten. Seine Eltern hatten jedenfalls bis dahin den Verdacht gehegt, dass seine ganzen Studien sinnlos waren, da die Hürden Astronaut zu werden, eben sehr hoch waren. Ihnen wäre, selbst zu dem Zeitpunkt, immer noch lieber gewesen, er wäre Arzt oder Lehrer geworden... oder Botaniker.

An einem Abend – Armin wusste, wo er seinen Sohn finden würde... nämlich im Garten, bei seinem Teleskop, da ging er zu ihm. Er wollte einen letzten Versuch unternehmen Joe von seinem Vorhaben abzubringen.

„Höre mal, Junge... ich weiß, dass du Astronaut werden

willst, aber deine Mama und ich fänden es besser, wenn du Botanik nutzen würdest. Da bist du ja auch daran interessiert! Dann könntest du viel erreichen... also, hier auf der Erde, wo die Nahrung immer knapper und die Stürme immer stärker werden. Wir brauchen hier widerstandsfähige Pflanzen! Man könnte Algen züchten, oder was auch immer, um die wachsende Menschheit satt zu bekommen. In verschiedenen Teilen dieser Welt sind bereits Unruhen entstanden. Alle Bemühungen die Situation zu verbessern, sind gescheitert. Die Menschen verhungern dort!" - hatte er ihm an diesem Abend gesagt. Das war am 3. Mai 2024.

Botanik, das hatte er ja begonnen zu studieren. Und was sein Vater ihm damals sagte, ließ ihn eine Sekunde überlegen. Aber sein Entschluss stand fest! Schließlich war dieser Gedanke seit seiner Kindheit fest in seinem Gehirn verankert. Und er hatte auch bereits alle Tests hinter sich. Dass sein Vater ihn, quasi in letzter Minute noch davon abbringen wollte, hätte er sich eigentlich sparen können. Armin wusste es wohl, wollte es aber nicht unversucht lassen!

Jedenfalls kam irgendwann der Brief von der Raumfahrtbehörde! Sein Opa war dabei, als Joe ihn öffnete.

Joe wurde angenommen -
er würde Astronaut werden!

Sie saßen damals auf Opa´s Veranda. Joe hatte wirklich mit dem Öffnen des Briefs gewartet, bis er bei seinem Opa war. Er war ihm teilweise näher als seine Eltern, obwohl er zu denen auch ein gutes Verhältnis hatte. Er war auch seinen Eltern zu keinem Zeitpunkt böse – wusste er doch, dass sie stets immer nur in bester Absicht gehandelt hatten.

Joe war nun, seit kurzem, einundzwanzig Jahre alt. Vorher stellte die Raumfahrtbehörde auch keinen ein. Sie erwarteten eine gewisse Reife – und die hat man mit achtzehn noch nicht. Ganz falsch war diese Annahme nicht. Jedenfalls ging damals Joe's Traum in Erfüllung. Opa und er hatten sich gefreut, wie ein Kind an seinem Geburtstag wenn es seine Geschenke aufmacht. Bis dahin hatte er nur Aushilfsjobs.

Aber nun ging das Lernen erst richtig los. Das Astronautentraining war anstrengend, ebenso wie das dazugehörige Studium. Zum Studium gehörte die Lehre einer Naturwissenschaft, in Joe's Fall tatsächlich Botanik. Außerdem absolvierte er Kommunikationstechnik, und Luft und Raumfahrttechnik. Es gingen also weitere fünf Jahre ins Land. Aber Joe lernte nicht nur alle technisch notwendigen Dinge, sondern auch viel fürs Leben. Kameradschaft war eines seiner Lehren – und den dazugehörigen, unabdingbaren Zusammenhalt. Zu der Zeit lernte er auch seine spätere Frau – Conny, kennen.

Was die anderen Astronauten ihm beibrachten, war, dass es darauf ankam, aufeinander aufzupassen. Aber das wusste er auch von Opa. Das All, so faszinierend es auch ist, hatte ihm mal jemand gesagt, ist nicht dein Freund! Es ist kalt und lebensfeindlich! Das wusste Joe natürlich. Aber es war nicht verkehrt sich das immer wieder vor Augen zu halten.

Kapitel 1
Vorm Start... Überlegungen - 2043

Es war noch Nacht, aber an Schlaf war nun nicht mehr zu denken. Dafür war ich viel zu aufgeregt. Und ich hatte auch allen Grund zu dieser inneren Unruhe... ICH war der Auserwählte! Wahrscheinlich Einer unter Hunderten, die in Frage gekommen sind, dachte ich, obwohl es einen Grund gab, dass sie gerade mich ausgesucht hatten. Weil... ich war eigentlich nur noch ein halber Mann. Arme, Beine und andere... eh, Teile, wurden durch Robotertechnik ersetzt. Daher brauchte ich auch so gut wie keinen Schlaf. Genaugenommen brauchte nur mein Gehirn zwischendurch mal eine Ruhephase. Viele meiner Wegbegleiter nannten mich Androide – was auch eigentlich stimmte. In mein Gehirn war sogar ein zusätzlicher Speicherchip. Sie dachten wohl, dass es schwierig sein könnte, sich über einen so langen Zeitraum zu erinnern! Der Chip speicherte also alles – jeden Tag! Ich war tatsächlich eher eine Maschine, statt ein Mensch. Mit einer Ausnahme; mein Bewusstsein – mein ICH – blieb vollkommen erhalten. Doch davon – und warum, will ich später noch erzählen.

Jetzt jedenfalls stehe ich hier an diesem Abgrund. Etwa zwei Meter weiter und etwa zehn Meter tiefer befand sich der laut rauschende, und zu dieser Jahreszeit, eher kalte Atlantik. Der Geruch von Salzwasser stieg in meine Nase... oder Rezeptoren. Es war ein toller Anblick, selbst in diesem halbdunkel. Ja, es war kurz nach drei Uhr morgens und eigentlich noch zu dunkel um wirklich viel zu erkennen. Doch der Vollmond schien gespenstisch zwischen den dunklen Gewitterwolken. Es war

September, der dreißigste, 2043 und der Sommer schien nicht
enden zu wollen. Selbst jetzt noch, wo alle anderen ihren
Schönheitsschlaf genossen, konnte ich hier in kurzer Hose und
T-Shirt stehen, ohne zu frieren... also, wenn noch was zum
frieren dagewesen wäre! Ja, ab und zu hatte ich noch meine
Probleme. Das Verständnis, dass ich beispielsweise nicht mehr
frieren kann, hatte sich noch nicht tief genug in meinem Gehirn
verwurzelt. Dass ich mehr Maschine als Mensch war – das
hatte mein Ich noch nicht zu hundert Prozent erfasst. Es war
mehr als schwierig zu akzeptieren, wenn man die Arme und
Beine nicht spürt – kein Gefühl da ist, wie vorher... man aber
gehen und greifen kann, wie eh und je.

„Warum ich noch Kleidung anhatte?" - hatten mich auch
einige gefragt, und ich antwortete dann, dass es eben
Gewohnheit sei und ich mich auch nicht so von den anderen
Unterscheiden wollte.

Ich lief jedenfalls gerade eben, auf dem Weg zum Ausgang,
an einem digitalen Thermometer vorbei. Das zeigte noch 18° C
Außentemperatur an – für die Nacht ein sehr guter Wert. Nun,
wir befanden uns, wie wir Amerikaner sagen, im Sunshine
State von Amerika, in Florida. Dass der kommende Start genau
dort stattfinden würde, hatte seinen Grund. Je näher südlich
man sich befand – möglichst in der Nähe des Äquators, um
eine Rakete zu starten, je weniger Energie muss man
aufwenden, um der Erdanziehung zu entkommen. Deshalb
hatten sie daran, seit dem ersten Start zum Mond, 1969 nichts
geändert. Der gleiche Startort wie damals, an der Ostküste. Nur
dass mein Raumschiff viel kleiner war, als die damalige Atlas-
Rakete, die über 130 Meter maß. Kleiner – aber viel, viel
schneller, war mein Schiff, das sie liebevoll Torvi nannten. Das
war die Ideengeberin des Schiffes. Sie war eine geniale
Physikerin. Aber sie war leider, durch einen Autounfall, kurz

vor dem Start gestorben. Ihren Vornamen erhielt das Raumschiff also, und mir würde nicht im Ansatz einfallen, da etwas daran zu ändern! War Torvi nicht eine nordische Göttin oder Schönheit? Egal. Sie war so stolz auf ihr Projekt gewesen, und ich hätte es ihr so gegönnt, wenn sie den Start hätte miterleben können. Lag das ganze Projekt daher, wie viele sagten, nun unter einem schlechten Stern? Ich denke nicht. Verschiedene Dinge sind einfach nicht zu verhindern. Schicksal nennt man es dann einfach. Wie auch immer: Das Leben ist nicht immer gerecht, das sagte schon immer mein seliger Vater. Und da hatte er wohl Recht. Und daran ändert sich wohl auch so schnell nichts. Das sogenannte Schicksal wird – immer wieder einmal, erbarmungslos zuschlagen. Und uns kleinen Menschen bleibt dann nur stumm den Kopf zu schütteln und verständnislos vor uns hinzustarren. Tatsächlich gibt es keinen Grund darüber nachzudenken, ob von nun an alles schiefläuft. Nein, so tragisch der Unfall auch war, er hängt sicher nicht mit dem Projekt zusammen. Aber der Aberglaube vieler Menschen hielt sich nun mal bis ins einundzwanzigste Jahrhundert, und würde wohl noch einige Zeit in den Köpfen einiger Leute umherschwirren! Ich war mir jedenfalls sicher, dass dieser dumme Unfall keine dunklen Schatten auf das Unternehmen warf. Nein, ich war sehr zuversichtlich, was mein Projekt anging. Schließlich hatte das Schicksal auch bei mir bereits zugeschlagen! Und das mehr als hart. Damals auf dem Mond - ich komme noch darauf zurück. Jedenfalls war, genaugenommen, dieser Schicksalsschlag, der Grund, warum sie gerade mich auserwählt hatten. Ich würde alt genug werden, lebend den Planeten zu erreichen. Der Flug würde 200 Jahre dauern. Einen anderen Astronauten hätten sie in Kryo-Schlaf versetzen müssen. Diese Technik, jemanden einzufrieren und wieder zu wecken, war zwar seit kurzem vorhanden, aber erstens wäre das teurer gewesen und zweitens (was noch wichtiger war) – sie trauten der Technik noch nicht. Sie war noch nicht erprobt genug.

Die Reise ging auch nicht wieder zum Mond, sondern zu einem vielversprechenden Planeten, auf dem sie Leben vermuteten. Das war ein Grund warum ich dahin sollte. Die Lebensmittelknappheit und die dazugehörige Überbevölkerung. Um es mit wenigen Worten zu sagen - die Erde wurde zu klein, und man suchte einen Platz, auf dem wenigstens die oberen Zehntausend... so meine Vermutung, leben konnten. Mir gefiel der Gedanke nicht, dass mal wieder, die Reichen in den Genuss kamen. Das hatte auch nie jemand so behauptet. Das hatte ich mir selbst zusammengereimt. Aber war es denn jemals anders? Waren nicht immer die Leute mit viel Geld, diejenigen, die als erste/r was besonderes hatten? Die ersten Touristen im All – Leute mit Geld. Die ersten Menschen in der Tiefsee? Reiche Menschen! Menschen, denen ganze Inseln gehörten. Oder, die Autos in der Garage hatten, die es sonst nur noch ein einziges mal auf der Welt gibt. Dies, und noch mehr konnten sich gewöhnliche Menschen nie leisten. Eine Spezialbehandlung im Krankenhaus – so, dass jemand weiterlebte, während der Kollege im Nachbarzimmer, an der selben Krankheit starb. So war es doch nur allzu oft! Was sollte sich also dieses mal daran ändern? Nein, auch daran würde sich so schnell nichts ändern, das war eben so klar, wie die Geschichte mit Schicksal – wenn es denn im negativen Sinne zuschlug. Gott sei Dank war die Welt vielfältiger. Es gab schließlich nicht nur Pechvögel, arme und reiche Leute, sondern auch Lottogewinner, Unternehmer mit Verantwortung und viele gute Menschen, die beispielsweise an diesem Projekt mitgearbeitet hatten. Torvi... sie lag nun auf dem hiesigen Friedhof. Die halbe Mannschaft war mit zur Beerdigung gewesen. Und ich würde sie noch, wie viele andere auch, für lange Zeit, in guter Erinnerung behalten. Aber, so beschloss ich in dem Moment... wenn ich einen guten, lebensfreundlichen Planeten finden würde, so würde ich mich wieder an diesen Moment hier erinnern... würde den Gedanken mit den reichen Menschen wieder heraus kramen.

Nun, ich ließ meinen Gedanken weiter ihren Lauf. Deshalb stand ich schließlich hier... um mich zu sammeln. Mich vorzubereiten. Geistig Kraft zu schöpfen, für die Aufgaben, die sich mir stellen würden. Ich würde Entscheidungen treffen müssen. Kam vielleicht in eine Notsituation, wo ich schnell reagieren musste. Ich musste gewappnet sein, selbst für das Unbekannte. So ließ ich mir also den warmen Wind um die metallene Nase wehen und schloss die Augen. Sofort kamen mir Bilder in den Sinn. Von Dingen, Ländern und Begebenheiten, die ich erlebt hatte. Ich sah meine Tochter und meine Frau, wie im Film, mein Auto und mein Haus, und meinen Fußabdruck, den meine Schuhe auf dem weichen Mondboden hinterlassen hatten. Das war im Schnelldurchlauf meine Vergangenheit – und nun würde die Zukunft beginnen. Für mich und – vielleicht – für die gesamte Menschheit... irgendwann jedenfalls! Ja, alle diese Gedanken ließen mich nicht schlafen. Aber es war gut dass ich hier war. Das hatte ich gebraucht. Ja, meine Gefühlswelt funktionierte ganz normal, wie bei jedem anderen Menschen... ich sah nur nicht mehr so aus wie ein gewöhnlicher Mensch.

Am Horizont erschien langsam, aber deutlich sichtbar, ein schmaler orangener Streifen. Die Sonne ging auf. In kürzester Zeit würde sich der mittlerweile wolkenfreie Himmel hellblau verfärben. Ja, die dunklen Wolken, die am Abend zuvor aufgezogen waren, hatten sich in Luft aufgelöst oder waren verflogen. Zum größten Teil jedenfalls. Weiter westlich waren noch einige Wolken da, aber es waren keine Gewitterwolken mehr. Ich wertete das als gutes Zeichen. Es konnte losgehen – ich war jetzt soweit und hatte ein gutes Gefühl. Da ja nun auch das Wetter mitspielte, stand nun alles auf Go – also alle Ampeln auf grün. Etwa um neun Uhr, nach dem Frühstück, würde der Start dann, wie geplant erfolgen. Das Frühstück war Tradition, hier am „Cape" - wie sie es alle nur nannten. Was auch Tradition war – und viele nicht wussten: man wird mit dem Bus zur Rakete (oder nun zum Raumschiff) gefahren. Und, wenn es mehr als zwei Astronauten sind, steigt einer aus, und pinkelt an einen der Hinterreifen. Das werde ich aber nicht tun... nun, ich hatte auch keine Blase mehr. Manchmal muss man auch mit Traditionen brechen – und... ich fliege auch nicht wieder zum Mond, wie erwähnt. Meine Mission ist eine ganz andere. Ich sollte zu diesem Planeten, den sie vorläufig Hope – Hoffnung, getauft hatten, um zu sehen, wie die Bedingungen dort sind. So lebensfreundlich wie vermutet – oder doch eher lebensfeindlich! Dies ist, in kurzen Worten, ein weiterer Grund, warum sie mich losschicken. Ich soll auf diesen Planeten – quasi als Vortester, um zu schauen, ob die Damen und Herren Forscher sich nicht geirrt hatten. Ich sollte dann Meldung machen. Warum zuerst ich alleine, stellten mir meine Freunde die Frage.

„Nun, es war nicht nur saumäßig teuer, dorthin zu fliegen. Also, mit einem viel, viel größeren Raumschiff, das sie dann brauchen würden. Nein, der Hauptgrund – um genau zu sein, warum man nicht gleich die ganzen Leute direkt dort hinfliegen ließen, war, dass es auch im Jahr 2043 kein so gutes Teleskop gab, dass man direkt auf den Planeten hätte sehen können. Sie konnten mit ihren Messgeräten zwar feststellen, dass es dort Wasser gibt, Sauerstoff, alles in ähnlicher Zusammensetzung, wie auf der Erde. Aber sie wussten natürlich nicht, ob es dort wilde, gefährliche oder giftige Tiere gab oder wie die Pflanzenwelt aussah. Vielleicht waren alle Pflanzen Fleischfresser oder hochgiftig. Wie waren die Ozeane beschaffen? Wie genau war die Temperatur?" - antwortete ich dann. Diese Erklärung leuchtete dann auch jedem ein.

Letztlich hatten sie nur eine ungefähre Ahnung von dem Planeten. Flüssiges Wasser, das ahnten sie – aber war es trinkbar, oder salzhaltig? Welche Art Behausung würden sie brauchen, wie stark war die UV-Strahlung? Für alle diese Fragen bin ich zusätzlich ausgebildet worden. Astronaut war ich ja schon lange. Bei jedem anderen Astronauten wäre noch eine medizinische Grundausbildung hinzugekommen. Dies brauchte ich nicht, denn viele Teile waren nicht mehr vorhanden, die ich medizinisch hätte pflegen müssen. Quasi nur mein Herz und mein Gehirn waren übrig geblieben. Der Rest war mechanisch. Wie es dazu kam? Okay, ich erzähle es jetzt endlich.

Kapitel 2
Der Unfall auf dem Mond

Jo-Na-Tan... so nannten sie uns damals, also – die Crew, die zu der Zeit auf dem Mond war. Damals, das war acht Jahre früher. Also im Jahre des Herrn 2035. Die größte amerikanische Autoherstellungsfirma zu der Zeit, gab den Auftrag hierzu und finanzierte alles. Sie brauchten die Rohstoffe des Mondes. Wir drei – also Joe, das war und bin ich. Navaho... sie nannten ihn so, wegen seiner indianischen Herkunft. Und dann noch Karl – mit Nachnamen Tanner. So kamen wir zu dem Spitznamen Jo-Na-Tan; auch weil wir als Team so gut funktionierten.

Ja, auch zu der Zeit waren wir, genau wie dieses mal, ein gutes Team. Es freute mich, dass sie meine alten Kollegen mit ins Boot geholt hatten. Wenn Ben und Karl auch nur Teil der Bodenstation waren. Viele der Crew – der jetzigen und alten, waren (und sind) stets zu einem Scherz aufgelegt...

So soll es auch sein... dass man den Zusammenhalt spürt. Egal ob man zur Bodencrew gehört, oder als Astronaut ins All fliegt. Letztlich steht nicht nur die aktuelle Mission auf dem Spiel. Die Missionen verschlingen immer Unmengen an Steuergeldern. Was natürlich schwerer wiegt, ist der Umstand, dass Menschenleben auf dem Spiel stehen. Nicht nur das Leben der Astronauten! Bei einer Explosion sind auch Leute am Boden gefährdet. Die Amerikaner, wie ebenso die Chinesen, Japaner und Russen mussten schmerzliche Erfahrungen hiermit machen. Ja, die Raumfahrt, egal ob wissenschaftlich durchgeführt, oder wie nun so oft kommerziell, forderte ihren Tribut. Das allseits bekannte Schicksal eben. Auch daran wird sich so schnell nichts ändern. Diese Dinge sind Schmerzhaft aber unabänderlich.

Wenn ich heute so darüber nachdenke, war die Situation ähnlich wie jetzt. Auch damals geschahen Unglücke während dem Aufbau der Startrakete. Gestorben war allerdings keiner damals. Aber es gab noch eine weitaus größere Verbindung zu Heute – da mussten wir auch als erste hoch. Vor allen anderen. Ich war also, auch damals, so etwas wie ein Vortester. Nur sollten wir nicht schauen, ob alles so war, wie die Wissenschaftler/innen es sich erhofft hatten. Nein, durch Probebohrungen eines Roboters, wussten die Leute ziemlich genau, wo auf dem Mond welches Mineral oder Erz war – und in welcher Menge. Nein, die Aufgabe von Jo-Na-Tan... also uns Dreien, war, dass wir ein kleines Dorf errichten sollten. Auch wir würden Bohrungen durchführen, aber nur, um die Gebäude im Boden zu verankern, die wir errichten sollten.

Normalerweise gab es zu der Zeit bereits kleinere, aber dennoch sehr leistungsstarke Raumschiffe, die senkrecht starten konnten, aber, da wir doch einige Tonnen an Material mit hinaufholen mussten, griffen die Planer auf eine eigentlich veraltete Technik zurück – eine, nun... moderne Form der alten Mondrakete. Nur so ein Ding hatte genügend Ladefläche und Power, die nötig war, uns drei auf den Mond zu bringen. Mit allen nötigen Utensilien. Wir würden nicht nur Häuser errichten, sondern auch Solarzellen für die Stromversorgung und spezielle Brennstoffzellen. Diese Brennstoffzellen wurden mit Wasser versorgt, das sich im Boden verbirgt. Permafrost nennt man das. Diesen Permafrost gibt es auch auf der Erde und dem Mars – und auf einigen anderen Monden im Sonnensystem. Wasser ist in gefrorener Form im Gestein gebunden. Das Wasser wird in der Brennstoffzelle aufgespalten – in Wasserstoff und Sauerstoff. Mit diesen beiden Wirkstoffen wird, in der Brennstoffzelle, durch einen chemischen Prozess, zusätzlich Strom erzeugt. Das überschüssige Wasser wird gereinigt und kann dann getrunken werden. Den überschüssigen Sauerstoff würden sie in die dann fertigen Häuser leiten. Somit können sich die Erz-Arbeiter, die dann später folgen würden, autonom und ohne ständigen Nachschub von der Erde, mit dem Notwendigsten selbst versorgen. Essen würden sie in Tuben-Form in ausreichender Menge mitführen. Dennoch – so der Plan, würde mindestens vier mal oder bei Bedarf auch öfter im Jahr ein kleines Raumschiff zu den Arbeitern kommen. Einmal um sie mit frischem Essen zu versorgen und zum anderen, um das eine oder andere medizinische Übel zu versorgen – und, um das Erz zur Erde zurückzubringen. Natürlich war vereinbart, dass die Arbeiter-Crew, wenn es denn soweit ist, sich täglich, vornehmlich Abends, bei der Bodencrew meldet, um durchzugeben, dass alle gesund sind. Bei einem Notfall wäre von der Erde innerhalb eines Tages ein Team auf dem Mond, um einen möglichen Schwerverletzten zur Erde zu bringen. Ansonsten wäre ein gut ausgebildeter Sanitäter oder Sanitäterin stets bei der Crew. Für die kleineren Verletzungen des Alltags. Er oder Sie, durfte auch Medikamente verabreichen. Übelkeit oder Durchfallerkrankungen kamen schon mal vor. Für größere medizinische Vorfälle musste der Patient eben einen Tag warten, bis von der Erde ein Arzt kam. Ansonsten hieß es für die Leute... graben und schuften wie auf der Erde, nur besser bezahlt.

Aber noch war es nicht soweit. Erst mussten wir alles aufbauen. Das war eben unsere Mission zu der Zeit gewesen. Ich verglich zu dem Zeitpunkt unsere Aufgabe gerne mit der von Rowdys, einer Rockband. Nur mit dem Unterschied, dass wir keine Verstärker und Lampen auspackten. Aber die

Ladefläche der Rakete war so gepackt, wie bei den Rowdys. Der Gegenstand, der – oben auf dem Mond, zuerst gebraucht würde, wurde auf der Erde als letztes eingepackt. So brauchten wir nur, wenn wir oben sind, alle Teile der Reihenfolge nach herauszuholen. Der Hauptunterschied zur ersten Mondlandung 1969, war daher, dass nicht nur die kleine Mondlandefähre landete, sondern zusätzlich das komplette Zwischenteil, das damals abgesprengt wurde. Es diente nun als Ladeabteil. Das Problem hierbei – das runde Teil sollte quer landen – so, dass es später auf dem Mondboden liegt. Wenn alles ausgeladen war, würde so eine Röhre entstehen, die als Eingang und Korridor-Verbindung zu den einzelnen Häusern dienen sollte. Aus diesem Grund waren zusätzliche Triebwerke an der Seite der Rakete angebracht. Nur so konnte das Teil seitlich landen. Wenn dieser Part gelingen würde, würden wir die so entstandene Röhre am Boden verankern. Die Öffnung der Röhre war dann der Eingang. Dieser Eingang bestand aus zwei, voneinander getrennten Alutüren, die aussahen, wie ein begehbarer Tresor einer großen Bank. In der Mitte der runden Tür befand sich ein großes Drehrad, wie man es auch von Unterseebooten her kennt. Zwischen den Türen war also eine Kammer – etwa zwei Meter lang, die später als Druckausgleichskammer dienen würde. Es war so konstruiert, dass die innere Tür erst aufging, wenn die äußere Tür geschlossen ist. Wenn man dann durch die zweite Tür gelangt ist, und diese hinter sich verschlossen hat, dann kann man dort den Außenanzug ausziehen, weil dort dann Sauerstoff vorhanden ist, und der Raum geheizt ist. Von diesem Raum würde man dann in eine Küche mit Esstisch gelangen. Eine Tür weiter war geplant, dass dort der Sani- und Aufenthaltsraum wäre, und dann noch zwei Schlafkammern. Ausgelegt war die Stadion für zunächst sechs Arbeiter. Wobei ein Arbeiter gleichzeitig Sani war. Vom Aufenthaltsraum aus konnten die Leute Kontakt zu ihren Lieben aufnehmen – und natürlich mit der Bodencrew. Dies war, wie erwähnt, sogar Vorschrift.

Soweit der Plan...

Zu der Zeit hatte Joe also zwei Kollegen, die zusammenhielten wie Pech und Schwefel. Ben, der Indianer – er sah auch so aus, wie man sich einen Indianer vorstellt. Seine Haut hatte dieses typische rotbraun, die Haare waren tiefschwarz. Und Ben hatte sich nicht vorschreiben lassen, die – wirklich sehr langen Haare, abzuschneiden. Er hatte aber zwei Zöpfe geflochten. Ein Gummi hielt beiden Enden hinterm Kopf zusammen. Damit konnte die Raumfahrtbehörde leben. Nun, seit Jahren flogen ja auch Frauen zur Raumstation, und denen ließ man auch die langen Haare aber die waren nicht so lang, wie die von Ben. Sein Nachname war Yudaha, was bedeutete: die, die weit im Norden leben. Seine bloße Gestalt flößte denen, die ihn nicht kannten, Angst ein. Er hatte eine athletische Figur und war sehr groß. Aber er war, entgegen dem, was viele vermuteten, ein sehr friedfertiger Mensch und redete nicht viel. Wenn er doch redete, wunderten sich nicht wenige Menschen, über seine sehr tiefe und doch sanfte Stimme. Man konnte, wenn man ihn als Freund hatte, die berühmten Pferde mit ihm stehlen gehen... also, wenn man das gewollt hätte.

Auf den zweiten in der Mannschaft, Karl Tanner, traf dasselbe zu. Auch er war – oder ist, ein Mensch, der sehr viel Ruhe und Kraft ausstrahlt. Aber er sah ganz anders aus als Ben. Er war gut einen Kopf kleiner als er und hatte kurze, blonde Haare und blaue Augen. Der Begriff Sonnyboy traf sein

Aussehen noch am Besten. Er war eben der typische Mittelamerikaner, obwohl sein Vater noch Deutscher war (Es war natürlich Zufall, dass zwei deutschstämmige und ein Indianer an Bord waren...). Er war der gutaussehende Junge von nebenan. Er redete um so mehr. Meistens von Frauen – und was er mit denen bereits alles erlebt hatte. Das Schlimme für viele: er hatte nie gelogen, war also kein Angeber (Nun, manche dachten da anders...). Viele um ihn herum waren jedenfalls neidisch.

Starttag... 2035

Es war früher Morgen, und genau wie heute, konnte ich damals (als ich noch ein richtiger Mensch war...) nicht mehr schlafen. Damals stand ich aber nicht am Rande des Atlantiks, sondern am Fuße dieser mächtigen Rakete, und schaute voller Ehrfurcht zur Spitze. Ähnlich wie 1969 würde da oben – in einer kleinen Kapsel, für uns drei, ein Ort sein, in dem wir zwei Tage lang arbeiten und schlafen würden.

Der alte Aufzug funktionierte immer noch. Er war sehr luftig, da kein Glas die Kammer bildete, sondern nur ein Drahtgestell die Außenhaut bildete. Höhenangst durfte man auch keine haben, denn die Rakete war beinahe genauso hoch wie die alte. Wir stiegen also nacheinander durch die enge Luke. Ich musste zugeben, dass ich in dem Moment grausame Bilder vor Augen hatte – nämlich die, der alten Gemini-Mission. Das war der Vorgänger der Apollo-Missionen. Also der Mondrakete. Damals waren in einer ähnlichen Kabine die drei Astronauten verbrannt, als die Rakete explodiert war. Ben hatte den Fensterplatz, ich musste in der Mitte sitzen und Karl hatte seinen Platz an der Einstiegsluke. Nachdem wir alle Systeme gecheckt hatten und wir von der Bodenstation das Go hatten, ging der Countdown los. Bei Null schrie jemand von der Bodenstation: „Lift off – wir sind gestartet". Die mächtige

Rakete vibrierte, dass man Angst bekommen konnte. Langsam verließ sie den Boden, gewann aber immer mehr an Geschwindigkeit. Die etwa fünf Millionen Pferdestärken, trieben die Rakete immer höher. Wenn man aus dem Fenster schaute, konnte man beobachten, dass das Blau des Himmels sich plötzlich in dieses tiefe Schwarz des Alls verwandelte. Ben drehte sich der Magen um als wir in die Schwerelosigkeit gerieten. Viele der Astronauten ließen aus diesem Grund lieber das Frühstück sausen. Nun, ein Kotzbeutel, ähnlich dem, wie in einem Flugzeug, verhinderte das Schlimmste. Wir waren aber auf dem Weg zum Mond.

Die Antriebsraketen, Booster genannt, die seitlich am Laderaum angebracht waren, würden unterwegs abgesprengt werden. Nach einer Mond-Umrundung würde sich dann unsere Kapsel von dem Laderaum trennen. Beide Teile – Kapsel und Laderaum, würden selbständig auf dem Mond landen. Ich, als Kapitän der Mission, hatte Zugriff auf die Steuerung der Kapsel, sollte die Automatik versagen, und ich von Hand landen müsste. Aber soweit kam es nicht. Alles klappte wie an der Schnur gezogen. Der Laderaum wurde, kurz vor der Landung auf dem Mond abgesprengt. Zeitgleich starteten die Zusatz- Booster, die dort angebracht waren. So, dass das Teil alleine landen konnte. Es klappte. Unsere Landefähre landete fast zeitgleich neben dem Laderaum.

Plan war, heute noch mit dem Aufbau zu beginnen. Da freute ich mich darauf, galt es doch einen Minibagger zu fahren. Auf der Erde haben wir alles geübt. Die Häuser haben wir nicht aufgebaut, aber das komplizierte Zeug. Die Sauerstoffversorgung, die Brennstoffzelle und die Solaranlagen – alles mitsamt den Verbindungsschläuchen, die dicht sein mussten. Wasserstoff und Sauerstoff sind nicht ungefährlich. Es kann zu schlimmen Explosionen kommen. Das alles musste sicher sein. Nun, Jo-Na-Tan... wir hatten alles im Griff. Und bisher lief alles hervorragend. Die Landestelle war eben genug und der Laderaum lag, wie es sein sollte. An den vier äußersten Ecken mussten Verankerungen angebracht werden. Schließlich war das Teil rund und man wollte nicht, dass es sich bewegt. Nun, es war weder steil, noch gibt es Wind auf dem Mond, also, dass das Ding weg gekullert wäre, hätte ich eigentlich ausgeschlossen. Zumal, wenn die Häuser erst einmal montiert waren, hätte sich die Röhre sowieso nicht mehr bewegen können. Doch Vorschrift war Vorschrift. Unser indianischer Kollege wollte auch unbedingt die Löcher bohren. Sollte er – solange ich den Bagger fahren konnte! Tanner wollte den Akkuschrauber bedienen. Er würde alles verschrauben, was zu schrauben war. So hatte jeder seine Vorlieben. Der Bagger war aus zwei Gründen wichtig. Einmal, um den Boden zu ebnen – falls notwendig, der Hauptgrund war jedoch, dass der Mond ja keine Atmosphäre besitzt. Das bedeutet, dass die Einstrahlung der Sonne viel stärker war – oder ist, wie auf der Erde. UV-Strahlung und auch radioaktive Strahlung aus dem All, würden die Menschen, mit der Zeit gesundheitlich sehr belasten. Daher griffen die Planer zu einem wirkungsvollen Trick. Wenn die Alu-Häuser errichtet wären, müsste man, etwa einen Meter dick, Mondstaub darauf verteilen. Damit ergäbe sich ein ausreichender Schutz. Am Tage, also, wenn die Leute am arbeiten waren, würden sie sowieso untertage sein. Wie zu Zeiten, als auf der Erde nach Kohle geschürft wurde. Wenn sie übertage arbeiteten, sollten sie sich je nur etwa drei Stunden „im Freien" aufhalten. Die Anzüge, ähnlich denen, wie man sie von der alten Mondlandung her kannte, boten zwar einen gewissen Schutz. Aber länger als drei Stunden sollten dennoch nicht sein. Das galt auch für uns. Wir hatten sogar den Nachteil, dass wir keine solch schöne Hütten hatten, wie die

Arbeiter später. Wenn sie fertig wären – die Hütten, würden sie aussehen wie diese halbrunden Zelte. Wir mussten also jeden Abend in unsere Kapsel zurück, von der aus wir auch wieder die Rückreise antreten würden.

Doch nun fuhr ich erst einmal den Bagger rückwärts aus dem Laderaum. Ich schaufelte alles glatt und gleichzeitig schüttete ich ganze Berge an Sand (oder besser Mondstaub) an. Ich baggerte es an Stellen – so, dass ich es später, wenn die Häuser standen nur noch aufzuschütten brauchte. Im Moment brauchte ich nur auf eines Obacht zu geben, und das war der tiefe Krater hinter mir. Die anderen Beiden machten sich derweil an die Arbeit, und schraubten die Verbindungteile an den Laderaum, beziehungsweise, bohrten Löcher in den Boden. Nach dem die geplanten Arbeiten an dem Tag beendet waren, machten wir Feierabend. Erschöpft ließen wir uns unser abendliches Mahl schmecken – Hühnchen mit Reis in Sahnesoße! Es schmeckte sogar. Eben, wie dieses Fertigessen, die man nur in die Mikrowelle schiebt. Das machten wir also auch, Essen in die Mikrowelle schieben. Das war unser Alltagsessen... natürlich mit einer gewissen Abwechslung. Weil in der Schwerelosigkeit der Geschmackssinn etwas verloren geht, ist das Essen stets über-würzt und versalzen. Man gab uns also den Rat, immer ausreichend zu trinken. Ja, wir hatten sogar Bier an Bord, allerdings alkoholfrei. Dies gönnte ich mir an diesem ersten Abend auf dem Mond. Und ich erinnerte mich, nach dem ersten Schluck, wie mein Schuh tief im Mondstaub versank und einen deutlichen Abdruck hinterließ. Mir kam einer meiner Vorgänger in den Sinn. Sein Stiefelabdruck im Mondstaub ging damals um die Welt... meiner nicht. Nun ja – in dieser Stimmung schaute ich jedenfalls durch das dreieckige kleine Fenster unseres Landers. Dort sah ich ein weiteres Bild, wie es in der Vergangenheit bekannt wurde, ebenso wie der berühmte

Schuhabdruck. Die blaue Murmel, die wir Erde nennen.
Wunderschön sah sie aus. Die weißen Wolken über Florida
ließen ahnen, dass es dort windig und regnerisch war, in dem
Moment. Ansonsten dieses alles überstrahlende Blau. Aber,
was den angenommenen Regen anging, da ging es mir wie
meinen Forscher-Kollegen... mit denen ich mal redete.
Exoplaneten-Forscher. Sie untersuchten fremde Welten, und
stellten die ungefähre Temperatur dort fest, oder ob es Wasser
gab. Ich konnte es, genau wie die, nun nur ahnen – nicht
wissen. Meine Tochter hätte jedenfalls gesagt: „ein gigantischer
Anblick" - anders konnte man es kaum ausdrücken, als ich ihr
das Foto auf ihr Handy sendete. Dieses leuchtende blau und die
Kontinente, die man gut erkennen konnte. Alles glasklar. Die
Wolken waren ansonsten nur relativ dünn gesät, außer über
Afrika. Dort konnte man sogar Blitze eines Gewitters
erkennen. Ja, die Erde ist einer der schöneren Orte. Der Mars
hatte seine landschaftlichen Reize, war aber einfach ein
tödlicher Planet. Ebenso wie die anderen Planeten im
Sonnensystem. Ja, früh wurde den Forschenden klar, dass die
Erde zu wenig Raum bot und dass man dann weit weg muss.
Außerhalb des Sonnensystems.
 Das Thema mit dem Klimawandel wurde erst später immer
mehr diskutiert. Vordringlich stand aber neuerdings das
Ernährungsproblem der vielen Menschen auf dem Programm
der Planer.

*Eigentlich wurde das Thema Überbevölkerung und das
Ernährungsproblem seit den Zweitausender Jahren heiß
diskutiert. Forschende hatten sogar schon Jahre zuvor davor
gewarnt. Aber diese Leute wurden teilweise als
Verschwörungstheoretiker abgetan. Bis – nun, bis andere
Forscher diesen Menschen Recht geben mussten. Sie stellten*

letztendlich fest, dass nur für etwa 15 Milliarden Menschen Lebensmittel zur Verfügung standen. In vielen Teilen der Erde, wie einigen afrikanischen Ländern, war es ja schon länger dramatisch. Wirklich etwas dagegen getan hatte aber nie jemand. Alles was geschah erschien vielen so, als ob nur das schlechte Gewissen beruhigt werden musste – und war am Ende stets nur ein Tropfen auf dem heißen Stein... man konnte aber niemandem vorwerfen, dass nichts getan würde... jedenfalls, die Zahl - die 15 Milliarden waren längst überschritten. Es kristallisierte sich jedenfalls immer mehr heraus, dass die Menschheit nur auf einem anderen Planeten überleben würde. Man befürchtete gar Unruhen und Bürgerkriege. Außerdem war sowieso klar, dass die Menschen sich so langsam auf den Weg machen mussten. Da die Sonne immer heißer werden würde. Es war also besser sich frühzeitig über eine Art Evakuierung Gedanken zu machen. Das geschah zu der Zeit...

Natürlich hat man vorab verschiedene Möglichkeiten durchdacht. Der Mond Europa – eine Eiswüste, wurde nicht ausgeschlossen, da man davon ausging, dass man gegebenenfalls Unterwasser leben könnte, doch von dem Gedanken lösten die Leute sich ziemlich schnell. Denn die Eisdecke war ziemlich dick. Es hätte wahrscheinlich mehr Geld gekostet, geeignete U-Boote zu bauen, als die Menschen, zu einem fremden Planeten zu schicken. Denn, für andere Monde oder Planeten in unserem Sonnensystem galt ähnliches. Zu kalt, zu heiß, zu unwirtlich.

Ich riss mich vom Anblick der Erde los und verabschiedete mich quasi von meinen Kollegen, indem ich ihnen eine gute Nacht wünschte: „Morgen wird wieder ein langer Tag.“

Der Aufbau der Brennstoffzelle stand auf dem Plan.

Kein Witz – ich hatte meinen Reisewecker dabei, so, wie ich
ihn dabei hatte, wenn ich sonst wo in Urlaub war. Ein kleines
schwarzes Ding aus Plastik, was mich aber stets zuverlässig
Weckte – egal wo. So weckte er mich – uns drei, am
darauffolgenden Tag mit seinem Piepsen. Es war der elfte
August. Es war neun Uhr Erdzeit. Frühstückszeit. Ja, das
unterschied sich nicht, vom Alltag auf der Erde. Obwohl es
tatsächlich auch eine Sternzeit gibt. Die war für uns aber nicht
relevant, da die Bodenstation den Takt vorgab.
   Die Arbeit begann jedenfalls nicht, bevor jeder rülpsend
verkündete, dass alle satt sind. Ein Blick aus dem kleinen
Fenster machte klar, dass sich auf der Erde, über Nacht nicht
viel geändert hatte. Das Wolkenbild hatte sich geändert, aber
nur dahingehend, dass nun Wolken an Stellen waren, wo vorher
keine waren. Scheinbar war größtenteils überall schönes
Wetter. Wir brachen auf, indem wir uns in unsere Anzüge
schafften. Es dauerte je mindestens zwanzig Minuten, bis jeder
von uns seinen Anzug anhatte. Bis wir draußen waren, war es
also fast 9:30 Uhr. Tanner wollte die Arbeit dieses Mal anders
aufteilen. Er wollte eben auch mal den Bagger fahren. Ich hatte
ja Verständnis dafür, und eine Diskussion deswegen wäre
sowieso nicht in meinem Sinne gewesen. Also war es meine
Aufgabe heute, die Brennstoffzelle aufzubauen. Ben – unser
indianischer Kollege, würde mir dabei helfen. Letztendlich war
es egal, wer was, mit wem arbeitete. Unterwiesen waren wir
alle mit allen Aufgaben, die wir zu erledigen hatten.

Es ging also los...

Tanner, oder besser - Karl, er machte dort weiter, wo ich

gestern aufgehört hatte. Ich musste gestehen, dass er es jedenfalls nicht schlechter machte wie ich. Er arbeitete sauber und effizient. Ben und ich würden es ihm gleichtun.

Nachdem jeder sein Werkzeug beisammen hatte, räumten Ben und ich die nächsten Teile von der Ladefläche. Zuerst waren ein paar Solarmodule an der Reihe. Vier an der Zahl, um genau zu sein. Das war noch leicht. Da auf dem Mond ja nur ein sechstel der Anziehungskraft herrscht, wogen die Gegenstände so gut wie nichts – unhandlich waren sie dennoch. Kaum ein Teil, das wir alleine hätten tragen können. Ein PV-Panel hatte etwa die Ausmaße: 1,2 Meter mal achtzig Zentimeter. Auf der Erde hätte man es unter den Arm genommen – es wäre kein Problem gewesen, das Teil einige hundert Meter weit zu tragen. Aber auf dem Mond ging alles langsamer. Wir hüpften mehr, als wir liefen. Ein Zuschauer hätte über uns lachen können, da wir uns teilweise slapstickartig bewegten. Wenn wir über einen Stein stolperten, hatten wir Mühe, uns wieder zu fangen, um nicht zu stürzen.

Wir stellten die Module in Richtung Sonne auf. Hierzu musste man nur die Ständer wie bei einem Klappstuhl, herausklappen. Sie standen dann im optimalen Winkel von fünfundvierzig Grad zur Sonne. Die schien ja den ganzen Tag, da keine Wolke sie je hätte bedecken können. Das war ein Vorteil, den der Mond bot. Strom, quasi umsonst. Wie auf der Erde, würde der so erzeugte Strom in eine Batterie gespeist werden – nicht nur, weil es Nacht wird, und die PV-Anlage ja dann nichts liefert... nein, die Batterie war auch da, damit gleichmäßig Strom fließen konnte. Man braucht ja mal viel, mal weniger Strom. Auf diese Weise konnte jederzeit, Tag und Nacht, Strom gezapft werden. Wir verbanden die einzelnen Module miteinander. Diese vier Paneele waren ausschließlich da, um die Brennstoffzelle mit Energie zu versorgen. Die

Brennstoffzelle holten wir nun, und stellten sie neben die Solaranlage. Dann schlossen wir auch die mit den notwendigen Kabeln an. Danach bohrten wir ein Loch an der, von den Planern, vorgegebenen Stelle. Daraus würde eine Spirale das gefrorene Wassereis zutage fördern. Wir lagen gut in der Zeit. Wir durften uns noch über eine Stunde „im Freien" aufhalten. Alles lief besser als es die Zeitvorgabe vorsah. Wir bauten also die – sie nannten es Badewanne, auf. Das Teil sah auch so aus, wie eine Wanne. Darin würde das Eis gesiebt und erhitzt werden, so, das man es trinken konnte, beziehungsweise, das Wasser in die Brennstoffzelle gelangen konnte. Dort, wo bei einer Badewanne der Abfluss war, war eine elektrische Pumpe, die das Wasser weiterbeförderte – in zwei Kammern. Eine, die das Trinkwasser speicherte, die andere, die die Brennstoffzelle versorgte. Der Trinkwasserbehälter hatte einen Zugang zu den Hütten. Alles war so geregelt, dass – wenn genug Wasser vorhanden war, die Pumpe stand. Fehlte Wasser, sprang die Pumpe wieder an. Soweit hatten die Planer also alles gut organisiert.

Der Unfall geschah dann, als das Wasser in die Brennstoffzelle gelangte. Ob eine Verbindung nicht richtig drin, beziehungsweise, dicht war – oder was auch sonst der Grund war, spielte im Endeffekt keine Rolle. Wahrscheinlich war es ein Kurzschluss, denn ich sah einen kleinen Funken beim Versuch, das Ding anzuschließen. Das Ding explodierte jedenfalls direkt vor mir. Ich stand keinen Meter weit weg. Die Explosion war verheerend. Ich wurde mehrere Meter nach hinten geschleudert. Im ersten Moment sah ich nur dieses grelle, weiße Licht – dann wurde mir schwarz vor Augen. Was dann geschah... daran habe ich nur Lückenweise Erinnerungen. Einmal sah ich Ben vor meinem Gesicht. Er sah besorgt aus. Zwischendurch wurde es immer wieder dunkel um mich. Dann spürte ich, dass jemand an mir herum zerrte. Dann sah ich Karl... und am Schluss wurde ich unter einer hellen Lampe wieder wach. Eine OP-Lampe, wie sie in Krankenhäusern hängt. Keine Ahnung wie lange ich weggetreten war. Einen Tag, oder zwei – eine Woche... einen Monat. Jedenfalls wurde ich (durch dieses helle Licht?) wach. Während der Operation? - sicher nicht. Vielleicht hatten sie auch nur irgendwelche Fäden gezogen? Ich wusste es nicht, schlief auch immer wieder ein.

Zwischendurch kam es Joe vor, als ob er selbst über seinem Krankenhausbett schweben würde. Er sah sich dort liegen, die weiße Bettdecke bis zum Hals hochgezogen. Seine Augen geschlossen. Und er wusste nicht ob er träumte oder was los war. Jedenfalls zeigte der Bildschirm, der neben dem Bett stand, und wohl seine Herzkurve darstellte, keinen Ausschlag. War er tot? - fragte er sich. Doch darauf bekam er nie eine Antwort.

Im Schlaf träumte ich dann wieder von diesem schrecklichen Ereignis. Ich sah mich wie im Film selbst, wie ich nach hinten flog... auf diesen Felsen. Meine Rippen schmerzten. Ich hätte auf diese Erinnerungen verzichten können, doch der Traum hörte nicht auf. In der Innenseite des Helmes, erinnerte mich mein Traum, war auf dem Glas des Helms Blut zu sehen. Es rann mir also Blut aus dem Mund. Etwas fiel auf meine Beine. Ja, ein unglaublicher Schmerz durchströme meinen gesamten Körper. Mein Gesicht brannte von... was auch immer.

Irgendwann wurde ich wieder wach. Das helle Licht war aber aus. Schmerzen fühlte ich im Moment keine. Ich hatte auch kein Zeitgefühl. Wusste also weder, ob es Tag oder Nacht war, oder welchen Tag wir hatten. Ich ging davon aus, dass ich voller Schmerzmittel war. So verging etwa eine Woche. Im

Halbschlaf mit bösen Träumen, vielleicht auch Fieber. Vor allem störte mich, dass ich nicht viel mitbekam. Ich wusste zu dem Zeitpunkt keinesfalls, was mit mir los war. Denn ich konnte mich auch nicht – oder kaum bewegen. War ich gelähmt? Fragen konnte ich auch keinen, denn entweder ich schlief, oder es arbeitete jemand an mir herum, was ich jedoch nur schemenhaft mitbekam. So, als ob ich zu viele Tränen in den Augen hätte, sah ich ab und zu eine Krankenschwester oder jemanden im weißen Kittel – alles sehr verschwommen. Und zum Reden fehlte mir scheinbar die Kraft. Oft schlief ich dann auch wieder ein.

Bis zu jenem Tag – es war der 11.11.2035. Das zeigte mir eine Uhr mit Datumsanzeige, die an der Wand hing. Es waren also einige Monate vergangen! Draußen regnete es in strömen, als ich wach wurde, und es mir endlich besser ging. Jedenfalls soweit, dass ich nicht gleich wieder einschlief. Ich konnte klar sehen... irgendwie sogar besser als vorher. Schmerzen hatte ich keine. Ich verspürte weder Hunger noch Durst, was ich erst einmal positiv empfand. Meine bösen Träume hatten mich, jedenfalls für den Moment, verlassen. Keine Ahnung, was sie alles mit mir angestellt hatten. Ich versuchte aufzustehen, doch da fehlte mir scheinbar noch die Kraft – auch spürte ich meine Beine nicht. Ein schlimmer Verdacht keimte in mir hoch. Womöglich war ich wirklich gelähmt! Der Sturz mit dem Rücken auf diesen dummen Felsen ließ diesen Verdacht erhärten. Nun, ich würde es erfahren. Doch dieser Gedanke hinterließ in meinem Mund einen bitteren Geschmack. Sprichwörtlich gesehen.

Ein Arzt kam herein. Ein Mittdreißiger mit Seitenscheitel und fast schwarzen, pomadisierten Haaren. Freundlich lächelnd kam er schnellen Schrittes, das Bett umrundend, auf mich zu. Hinter ihm war eine lange Fensterwand. Er stand also gut im

Licht und daher konnte ich jedes Haar und jede, noch so kleine Falte um seinen Mund herum erkennen. Er war groß und besonders schlank – fast schon zu dünn. Daher traute man ihm eine so tiefe, sonore Männerstimme eigentlich kaum zu, aber es hörte sich gut an.

„Na, da ist er ja – unser Held" - meinte er lautstark.

„Was ist los mit mir?" - fragte ich leise und meine Stimme kam mir irgendwie ungewohnt vor. Na, vielleicht etwas heiser, dachte ich.

„Na, so ist´s recht" - lachte er, für meinen Begriff immer noch zu laut.

„Immer gleich raus mit den richtigen Fragen! Aber das ist in Ordnung. Damit habe ich gerechnet. Ich kannte sie vorher zwar nicht, aber ich habe viel von ihnen gehört. Immer stark, zielstrebig, klug und fürsorglich. So beschrieb man sie mir. Und das lobe ich mir. Nun, um ihre Frage zu beantworten... ich habe lange überlegt, wie ich ihnen wie... was sage."

„Spannen sie mich bitte nicht auf die Folter... bin ich gelähmt?" - fragte ich besorgt.

Kapitel 3
Die Operation

„Nun, das waren sie. Und die Explosion hat noch mehr angerichtet... aber ich will nicht zu viel drum herum reden. Sie waren, als ich sie auf den OP-Tisch bekamen, mehr tot als lebendig. Entscheidungen mussten getroffen werden. Aber ihre Frau wollte dass sie leben. Ja, und auch die Raumfahrtbehörde wollte das. Okay, ich mache es kurz. Viel von ihrem Körper konnten wir nicht retten. Ihre Arme und Beine waren kompliziert mehrfach gebrochen. Ebenso wie viele Rippen. Die Rippen haben viele innere Organe verletzt... Sie waren kurz vorm verbluten. Nur dem vorbildlichen Verhalten ihrer beiden Kameraden auf dem Mond, haben sie zu verdanken, dass sie überhaupt noch lebend auf der Erde ankamen. Sie widersetzten sich allen Befehlen und starteten die Kapsel. Sie brachen also ihre Mission eigenhändig ab um sie zu retten. Und das war gut so, denn bis die Rettungskapsel von der Erde bei ihnen gewesen wäre, wären sie verblutet gewesen. Ein Crewmitglied spendete ihnen unterwegs sogar Blut. Er wusste, dass ihre Blutgruppen kompatibel waren – und zögerte nicht. Ben heißt er glaube ich."

„Der gute Ben" - murmelte ich vor mich hin, und dachte, dass die beiden die eigentlichen Helden waren. Sie mussten sich sicherlich verantworten, weil sie diese doch wichtige Mission einfach abbrachen um mich zu retten. Ich würde ihnen jedenfalls ewig dankbar sein.

„Ja" - bestätigte der Doktor - „... der gute Ben. Und dieser Tanner war, soweit ich weiß, ebenso cool. Er steuerte das

Vehikel, wie ich hörte, ohne genau zu wissen, wie das geht. Aber die Zwei haben sie sicher und rechtzeitig zur Erde gebracht. Das ist mal sicher. Quasi in letzter Minute! Nun, ihr weiterer gesundheitlicher Zustand ist... wie soll ich sagen... krank werden sie jedenfalls nicht mehr. Wir haben einige Teile ersetzt. Wie soll ich es anders sagen" - meinte er mit leicht bedrückter Miene, weil ihm klar wurde, dass er sich unglücklich ausgedrückt hatte. „Arme, Beine und Korpus haben wir durch Robotertechnik ersetzt. Da viele Organe irreparabel zerstört waren, haben wir diese gleich mit entnommen. Wir haben sie so zusammengeflickt, dass sie – halten sie sich fest – über zweihundert Jahre leben werden. Wir taten das, weil die Raumfahrtbehörde noch einige Pläne mit ihnen hat. So... jetzt wissen sie soweit Bescheid. Eines noch... sie werden bald normal laufen können. Das müssen wir nur trainieren – genauso wie das Sprechen und sehen. Vielleicht kam ihnen mein Geschwätz zu leise oder zu laut vor. Das liegt daran, dass wir erst warten mussten, bis sie wach sind, um diese Feinjustierungen vorzunehmen."

Ich bildete mir ein, dass man mir ansah, wie verdutzt ich war. Gefühlt brauchte ich mehrere Minuten, bis ich im Kopf alles zusammen hatte, daher war auch meine erste Frage: „Aber ich bin immer noch ich?"

„Es tut mir wirklich außerordentlich leid, ich weiß nicht so recht, wie ich das alles sagen soll. Das ist auch für mich das erste Mal, dass ich... eh, so einen Patienten wie sie habe. Ja, sie sind so etwas wie ein Prototyp. Ich entschuldige mich wieder für meine Ausdrucksweise."

„Ich bin also der erste Androide... ist das so, wollen sie mir das sagen?"

„Mit einem Wort, ja – das ist der richtige Begriff, es stimmt."

„Wie viel ist von mir noch übrig geblieben?"

„Ich komme mir jetzt richtig seltsam vor" - meinte der Arzt, und seine, eben noch glatte Stirn hatte sich in eine Berg-und-Tal-Bahn voller Falten verwandelt.

„Dabei war oder bin ich so stolz auf sie. Aber sie haben Recht – obwohl sie es nicht ausgesprochen haben... ja, sie sind noch immer ein Mensch! Und genau das wollten ihre Vorgesetzten auch. Ein denkendes Individuum. Man hätte tatsächlich einen Roboter zu der nächsten Mission schicken können, aber – soweit ich das weiß, wollten die das nicht. Sie wollten Entscheidungen... warten sie, wie hat er gesagt? - ja, Entscheidungen, die nicht durch Mathematik gesteuert wird, sondern durch Herz und Verstand, und Gefühlen. Und das kann ich ihnen versichern. Das alles ist noch vorhanden. Da aber der Unterkiefer quasi nicht mehr da war, und ein Auge nicht mehr zu retten war, haben wir ihr Gesicht ersetzt... mitsamt den Augen! Der Helm muss unheimlichen Druck von unten aufgebaut haben. Zum Glück war er nicht zerbrochen, sonst würden wir uns nicht mehr unterhalten können. Und das Auge war ein einziger Bluterguss!"

„Spiegel" - schrie ich.

„Moment" - entschuldigte sich der Arzt, und machte sich auf den Weg, um einen Handspiegel zu suchen. Dazu verließ er kurz das Krankenzimmer. Nach wenigen Minuten kam er mit einem relativ großen Handspiegel zurück.

Das war auch der erste Augenblick (warum auch immer), wo ich die Hände unter der Bettdecke hervorholte. Ich fragte mich nun, warum ein Roboter überhaupt eine Bettdecke braucht? Aber ich gab mir die Antwort selbst... der Mensch ist einfach ein Gewohnheitstier – jemand, der im Bett liegt, braucht eben eine Decke.

Was ich dann sah ließ mich erschrecken. Die Finger waren aus silbernem Metall, nur die Gelenke schienen aus schwarzem

Plastik zu sein. Dieses Plastik – oder Kunststoff, war auch je an den Innenflächen der Fingerkuppen und der Innenseite der Hand. Es diente wohl dem besseren Greifen. Instinktiv bewegte ich die Finger. Die Hände ließen sich ganz normal bewegen! Es gab quasi keinen Unterschied zur normalen Hand. Ich schaute weiter den Arm hinauf. Das gleiche Spiel – ich war fast vollständig Silber, bis auf diverse Kunststoffteile. Nieten und Schrauben hielten mich zusammen.

Der Arzt, das Schild auf seinem weißen Kittel, wies ihn als Dr. Lang aus – hielt mir noch immer den Spiegel vor die Nase. Ich nahm nun zögerlich diesen Spiegel. Er war der erste Gegenstand, den ich greifen würde. Ich hatte keine Ahnung, ob ich etwas spüren würde. Oder, ob ich zu fest zugreifen würde oder ob der Spiegel wieder meinen Händen entgleiten würde. Ich griff zu. Ich spürte nichts, aber ich hielt den Spiegel ganz normal in der rechten Hand. Ich schaute in den Spiegel und sah das erste Mal mein neues Gesicht. Es war wie eine Maske. Die Haare waren noch da! Sie schauten hinter dieser metallenen Maske heraus. Keine Ahnung, was sie sich dabei gedacht hatten! Nun, eigentlich... ein Kind würde nicht gerade vor mir erschrecken. Ich sah irgendwie sympathisch aus. Meine Augen waren groß und dreieckig... sie sahen aus, als ob ich eine Sonnenbrille anhatte. Jedenfalls waren die Augen dunkel. Seitlich waren auf der Brust drei LED-Leuchten. Sie zeigten alle Grün und zeigten wohl den Akkustand auf... meine Batterie war demnach voll! Mein Mund sah wie ein normaler Mund aus. Er war aber nur ins Blech gestanzt. Oberhalb und unterhalb des Mundes war so etwas wie ein Bart ins Blech gefräst. Sie wollten mir wohl etwas Männlichkeit lassen. Eigentlich musste ich ihnen, nach längerer Überlegung, für ihr... künstlerisches Werk, danken. Ich war ansehnlich und sie hatten wohl getan was sie konnten.

Dennoch kamen in dem Moment schemenhafte Erinnerungen in mir hoch. Wieder sah ich mich selbst im Bett liegen. Die selbe Szene wie schon einmal. Die, als ich noch mein Gesicht hatte, und die Decke bis zum Kinn hochgezogen war. Nun sah ich jedenfalls, wie Dr. Lang sagte, dass der Unterkiefer fehlte. Ein Schlauch führte in den Rachen. Der Bildschirm zeigte nun aber einen normalen Herzrhythmus. Nun ging mein Film, der in der Erinnerung ablief, noch weiter zurück. Bruchstückhaft sah ich wieder Ben vor mir. Wir waren in der Landekapsel. Dann sah ich wieder dieses schwankende OP-Licht und mindestens drei Leute, die um mich herum waren. Ein Operateur, der Statur nach Dr. Lang, schaffte an mir herum. Nun sah ich auch den Grund der wackelnden Lampe. Er war mit dem Kopf daran gestoßen. Dann sah ich das Zimmer in dem ich lag. Schwestern kamen herein, kontrollierten etwas und gingen wieder.

„Ist alles in Ordnung?" - fragte Dr. Lang und holte mich so wieder in die Gegenwart zurück.

Ich hielt ihm seinen Spiegel hin und sagte - „Ja, Dr. Lang, es ist alles in Ordnung. Ich werde mich nur noch eine Zeitlang damit befassen müssen... wie ich nun aussehe und wer ich nun bin. Das werde ich in meinen metallenen Schädel bringen müssen. Noch ist es nicht soweit!"

„Ja, das war anzunehmen. Aber... sind sie zufrieden, mit dem, was sie nun wissen und gesehen haben?"

„Schwierige Frage. Ich werde ihnen eine Antwort geben, wenn ich eine Antwort habe. Im Moment ist mein Verstand... nun, etwas überfordert."

„Klar, wie gesagt – damit haben wir gerechnet. Später will ihre Frau noch kommen. Sie wird ihnen guttun!"

„Danke Doktor, darauf freue ich mich jetzt. Eine Frage noch. Wissen sie, was die NASA noch von mir will? Welchen

Auftrag soll gerade ich noch vollbringen? Wieso wollen sie gerade mich?"

„Oh, denken sie nur nicht, dass sie irgendwie unvollkommen wären. Ihre körperlichen Leistungen, das werden sie noch sehen, gehen weit über einen normalen Menschen hinaus. Und ihr ICH – ihr Gehirn... alles was ich von ihnen weiß, ist, dass es da nie irgendwelche Zweifel für ihr Umfeld gab. Sie sind für mich und alle anderen ein ernstzunehmender Mensch. Unter dem Exoskelett hat sich nicht viel geändert. Sie werden SIE bleiben. Bis zum letzten Tag! Aber, um ihre Frage zu beantworten. Ich weiß es nicht. Sie haben nur gesagt, dass sie noch viele Pläne mit ihnen haben und dass man sich auf sie verlässt. Nur mal so am Rande... die OP hat über eine Millionen Dollar gekostet. Also, ich denke die meinen es ernst. Ich will keinen Druck auf sie ausüben, aber ich glaube, die zählen auf sie. Ich meine sogar gehört zu haben, dass sie keinen anderen haben!"

Mit diesen Worten verließ er das Zimmer. Aber kaum war er draußen kam Conny ins Zimmer. Und – womit ich am wenigsten gerechnet hatte... sie küsste mich auf den Blechmund und sagte: „Hallo, mein Liebling!"

„Hallo" - antwortete ich. Es klang etwas blechern, war aber meine Stimme, ganz sicher. „Du wolltest mich unbedingt... so, wie ich jetzt bin?" - fragte ich.

„Ich wusste nicht, wie du später aussehen würdest. Aber, als sie sagten, dass sie dir, nur auf diese Weise das Leben retten konnten, da hab ich keine Sekunde überlegt. Du bist, und da lüge ich dich nicht an, der wertvollste Mensch, der mir in meinem ganzen Leben begegnet ist. Du bist außergewöhnlich. Ich kenne sonst keinen Menschen wie dich!"

„Und was hältst du jetzt von mir?"

„Der Doktor hat gesagt, dass nur dein Äußerliches verändert

wäre. Sonst würden sie an keiner Schraube drehen.“

„Nun, wenn sie jetzt an einer Schraube drehen, falle ich vielleicht in zwei Teile!“

„Siehst du“ - lachte Conny - „... du bist genau der Alte!“

„Und was haben die noch mit mir vor?“

„Du sollst wohl einen weiten Planeten aufsuchen!“

„Oh“ - sagte ich nur. Mehr fiel mir im Moment nicht ein.

Acht Jahre später...
Das Raumschiff war fertig.

Kapitel 4
Start... Unterwegs...

Der kleine Ausflug zum Atlantik hatte mir wirklich gutgetan.
Ich war nun für alles, was auf mich zukommen würde bereit.
Frühstückszeit! Wie vor jedem Start. Wenn mein Frühstück
auch nur aus einer Pille bestand, wie ich sie die nächsten
zweihundert Jahre nehmen würde. Die Pille, die sie extra für
mich entwickelt hatten, löste sich, ohne Umweg eines
Verdauungssystems, direkt in der Schublade auf. Diese
Schublade befand sich dort wo normalerweise das Brustbein
ist, und sah wie ein Rubin aus. Eine klare Flüssigkeit, die mein
Blut ersetzte, bekam durch die Pillen Nährstoffe –
hauptsächlich Traubenzucker, was mein Gehirn brauchte. Mein
Herz diente also quasi nur als Pumpe dieser Flüssigkeit. Für
zweihundert Jahre Flüssigkeit hätte viel Gewicht bedeutet.
Deshalb entschieden sie sich für die Pillen. Der Antrieb meiner
Gliedmaßen war elektrisch. Motoren trieben alles an, auch
mein Herz. Mein Akku... ich konnte mich wirklich nicht an den
Gedanken gewöhnen, so etwas wie eine Aufziehpuppe zu
sein... war eine Brennstoffzelle, die ähnlich funktionierte wie
die auf dem Mond. Die, der ich den Unfall zu verdanken hatte.
Ich vertraute darauf, dass die Technik nun ausgereift war und
mich dieser Akku so lange am Leben erhalten würde, wie sie
es planten. Aber auch in diesem Punkt hatte ich keinerlei
Bedenken. Wenn ich je Angst gehabt hätte, hätte ich kein
Astronaut werden dürfen. Ich musste sogar, was ich nun ja
auch tat, bereit sein, Frau und Kind zurückzulassen und mich
auf diese lange Reise ins Leere zu begeben. Im Namen der

Menschheit... obwohl viele auf der Welt überhaupt nichts von dem wussten, wer ich war oder was ich da tat. Sicher, in TV-Shows, in Zeitungen und im Radio wurde – überall auf der Welt, davon geredet. Für Viele lag das Thema aber wohl zu weit in der Zukunft. Bis ich auf dem Planeten gelandet wäre, und mein „Okay" für die übrige Menschheit geben würde, wären über zweihundert Jahre vergangen. Denn selbst meine Antwort wäre – mit Lichtgeschwindigkeit, weitere vier Jahre unterwegs. Ich konnte also nur allzu gut verstehen, dass für die jetzige Generation unser Vorhaben nicht so interessant war, wie es viele aus der Crew erwartet hatten. Aber damit konnte ich Leben. Es war dennoch die wichtigste Mission von allen vorangegangenen!

Nun, das Frühstück diente tatsächlich auch der Tradition. Es galt sich zu verabschieden. Dem Astronauten eine Ehre zu erweisen und ihm alles Glück und einen guten Flug zu wünschen. Und das taten sie auch alle. Wenn es noch möglich gewesen wäre, hätten mir die Tränen in den Augen gestanden. Wegen der Quarantäne musste ich mich bereits Gestern von meiner Frau und meinem Kind verabschieden. Natürlich flossen viele Tränen bei den Beiden. Conny weinte noch mehr als meine Tochter Mai. Ich hätte es eher umgekehrt gedacht. Es bewies mir jedoch die Liebe, die Conny wohl zu mir hatte... obwohl ich kein richtiger Mann mehr war. Die kleine Mai hatte, mit ihren dreizehn Jahren vielleicht noch nicht das richtige Verständnis. Sie hatte vielleicht die Vorstellung, dass ihr Papa irgendwann wieder zu ihr käme. War ich für sie überhaupt noch ihr Papa? Für sie musste es ja noch verwirrender sein. Ich selbst hatte ja schließlich Probleme mit meinem Äußeren! Nicht weil ich unansehnlich war... wie gesagt, sie hatten MICH gut hinbekommen – nein, das Problem bestand tatsächlich darin, in den Spiegel zu schauen, und nicht mehr das Gesicht zu sehen, das man Jahrelang rasiert hat. Und trotzdem war da dieses Bewusstsein – mein Bewusstsein, welches sich ja wirklich nicht verändert hatte. Wie Doktor Lang versprochen hatte – da hatten sie an keiner Schraube gedreht! Jedenfalls war in der Tat ein normaler Spiegel eine verwirrende Sache. Im Nachhinein war klar, warum Mai nicht so weinte wie ihre Mama... diese hatte ihrer Tochter zwar gesagt, dass ich immer noch ihr Papa sei. Ich hörte mich auch so an – sah aber eben nicht so aus! Vielleicht dachte sie dennoch, dass ihr Papa irgendwann wieder kommen würde, obwohl... sie war am Anfang der Pubertät und hatte sicher anderes im Kopf. Damals, als ich ihr das Foto von dem Mond auf ihr Handy sendete, da war sie ja erst fünf Jahre alt und noch ein Kind. Nun sah für sie die Welt natürlich komplett anders aus. Im Nachhinein wurde mir klar warum sie nicht so weinte wie ihre Mama... nein, nicht weil sie mich weniger geliebt hätte – nein, aber vielleicht hatte sie eher einen jungen Mann im Kopf und war verliebt. Wer weiß? Und... vielleicht war ich für sie wirklich nicht mehr ihr Papa, sondern nur eine Maschine. Für mich war es jedenfalls schlimm, dass ich sie nicht weiter würde aufwachsen sehen. Aber ich hatte für mich abgeschlossen – war mir sicher dass Beide ihren Weg finden würden, auch ohne mich. Denn – mal ehrlich, wenn sie mir auch immer wieder was anderes sagten... wer war ich denn? Eine Frau konnte ich jedenfalls nicht mehr glücklich machen! Und Mai hatte nun ein Alter, in dem sie sich sowieso bald abnabeln würde. Ich war also gut aufgehoben mit meiner Mission.

Ich würde beide, außer über Video, nicht mehr sehen. Denn, meine Reise war eine Reise ohne Wiederkehr. Und nur Conny konnte sich die Wichtigkeit meines Unternehmens vorstellen (Außer der Crew natürlich). Sie wusste a, dass es einer machen

musste, irgendwer... aber b wusste sie, dass ich hierfür einfach
der Richtige war. Unter all den möglichen Astronauten war ich,
eben auch aus ihrer Sicht, die beste Wahl. Sie kannte meine
Objektivität. Ich würde nichts träumerisch darstellen und die
Dinge so benennen, wie sie sind. Und – sie wusste, dass sie auf
mich hören würden! Würde ich sagen: Leute, bleibt auf der
guten alten Erde... sie würden mir vertrauen und auf mich
hören. Deshalb war ich tatsächlich der Richtige! Das würden
sie den nachfolgenden Generationen so weitergeben... denn
keiner von denen, die heute morgen noch mit mir am
Frühstückstisch saßen, wären noch am Leben... auch Conny
oder Mai nicht. Und das war das Schlimmste für mich. Ich
würde sie nicht sehen... mit ihrem ersten Freund, oder, wenn
sie einen Beruf beginnt. Conny... so schlimm es sich auch
anhört... einen geliebten Menschen kann man verlieren – so,
wie Torvi... nach einiger Zeit war dann für Gewöhnlich die
Trauer vorbei und man schaute wieder nach vorne – in die
Zukunft. Sie würde jemand anderen finden – irgendwann. Aber
ein Kind zu verlassen... das ließ mein armes Herz schneller
schlagen. Aber – es war entschieden! Ich gab für alles mein
Einverständnis. Mein Gedanke war, dass Conny ja eine junge
Frau war – mit allen ihren Bedürfnissen... und die konnte ich
ihr sowieso nicht mehr geben. Liebe Worte würden auf Dauer
nicht genügen! Was mir also wirklich leid tat, war Mai. Aber
sie würde mich vergessen. Sie war noch so jung und würde ein
gutes Leben führen. Das hoffte ich jedenfalls.

Die Fahrt mit dem Bus war nur kurz, dauerte nur wenige
Minuten.

Am Schiff angekommen ging es los. Kurz darauf stieg ich die
kleine Leiter hinauf, die zur Luke an der Unterseite des
Raumschiffs führte. Es waren nur fünf Stufen. Ich winkte also
allen noch einmal zu und stieg dann ein. Als ich die Leiter an

ihren Platz verstaut hatte, schloss sich die Luke automatisch.
Ein kleines grünes Lämpchen zeigte an, dass die Luke dicht
war. Das war wichtig. Als ich dann, noch eine Etage höher, auf
dem Sitz angeschnallt war und mein Go für den Start gab,
startete das Raumschiff. Erst ganz langsam. Nachdem ich die
Erdatmosphäre verlassen hatte, wurde das Raumschiff dann
immer schneller. Erst ab Höhe des Mondes, also in etwa
300000 Kilometer Entfernung von der Erde, würde ich die
eigentliche Reisegeschwindigkeit erreichen. Durch das einzige
kleine Fenster, das nach vorne zeigte, sah ich, dass die Sterne,
die vorher noch klar zu sehen waren, zu milchigen Strichen
verschwammen. Ich hatte von da an etwa ein viertel
Lichtgeschwindigkeit drauf. Und somit zu diesem Zeitpunkt
den ersten Rekord gebrochen. Ich war nun der schnellste
Astronaut aller Zeiten. Und ich würde noch mehr Rekorde
brechen. Die weiteste Strecke... und der erste Mensch auf
einem Exoplaneten! Also, halber Mensch... aber nobody´s
perfekt.

*

Ich hatte es geschafft! Ich war auf dem Weg zur ersten Etappe
– dem Mars. Leider würde ich auf keinem der Planeten landen
können. Es wäre mein Traum gewesen, wenigstens auf einem
der Planeten im Sonnensystem einen Fuß zu setzen. Doch den
Gefallen konnten sie mir nicht machen. Ein Neustart hätte zu
viel Treibstoff gekostet. Alles war von der Bodenstation bis ins
letzte Detail ausgerechnet worden. Ich würde dort quasi mit
dem letzten Tropfen landen. Natürlich hatte ich keinen
flüssigen Sprit an Bord – nur so eine Redewendung... der
Antrieb war atomar. Wasserstoff, mal wieder, nur dieses Mal
war es ein Fusionsantrieb. Ein Ionenantrieb. Ich würde, am

schnellsten Punkt der Reise ein Achtundvierzigstel der Lichtgeschwindigkeit erreichen. Also rund 625000 Kilometer in der Stunde. Wie gesagt, ein Rekord unter weiteren...

Etwa zur selben Zeit musste Karl, der den Start verfolgt hatte, an den schlimmen Unfall zurückdenken. Er hatte immer noch ein schlechtes Gewissen, denn irgendwo gab er sich selbst die Schuld. Hätte er sich nicht wie ein Kind verhalten und diesen blöden Bagger fahren wollen, wäre das alles nicht passiert, dachte er. Sie hätten die Mission glücklich zu Ende gebracht und wären nach der Ankunft daheim gefeiert worden. So musste eine zweite Crew den Job fertig machen. Das hatte Zeit und Geld gekostet. Eine Schelte vom Chef gab es dennoch nicht. Schließlich hatten sie Joe gerettet. Wäre er unterwegs gestorben, hätte die Sache anders ausgesehen. Irgendeine Strafe hätten sie sich für die Beiden ausgedacht. So wurden sie wenigstens halbwegs von den Kollegen als Helden empfangen worden. Karl wäre es aber anders lieber gewesen. Als Held empfand er sich jedenfalls nicht. Er hatte nichts getan, was die anderen Beiden nicht auch für ihn gemacht hätten. Am Ende hatten Ben und er den Entschluss gefasst, die Mission abzubrechen. Letztendlich hatten sie nur den Job gemacht, wie man es ihnen beigebracht hatte. Andere hatten das anders gesehen. Aber für Ben und auch für Karl, war es genau das – ein Job, den sie zu erledigen hatten. Beide fanden es schade, dass es nicht besser gelaufen war. Für die Mission – und – vor allem, für Joe. Beiden tat es leid, dass er nun kein Mann mehr war. Ja, es hatte auch Spaß gemacht, mit Joe um die Häuser zu ziehen und ein paar Bier zu trinken. Das war nun nicht mehr möglich... und Karl fühlte sich eben schuldig – auch wenn viele ihm was anderes sagten. Aber hatten sie es auch je so gemeint? Egal, das Gefühl ließ sich nicht unter der Dusche abwaschen, wie der Mondstaub.

Auch Ben, der neben seinem alten Freund stand, und ebenfalls seinem Kollegen hinterher schaute, dachte ähnlich. Beide hatten sich oft genug über den Unfall unterhalten. Aber Karl sah das etwas anders. Für ihn war nicht klar, ob es so oder so zu dem Unfall gekommen wäre. Seine Einstellung war: Murphys Gesetz. Was geschehen sollte, geschah auch – war unabänderlich! Joe´s Schicksal, so stand für Karl fest, begann, als er in die Kapsel stieg!

Ich musste an Ben denken, keine Ahnung warum. Auch Mai, Karl und Conny kamen mir in den Sinn. Aber ich versuchte mich auf meine Aufgabe zu konzentrieren. Es war mir aber genauso klar, dass ich, wahrscheinlich die ganze Reise über, immer wieder an einen meiner Lieben und Freunde werde denken müssen. Es bestand immer noch eine geistige Verbindung, ja selbst zu Torvi, obwohl – oder gerade weil sie nicht mehr da war. Aber, um mit Conny´s Worten zu reden – genau das machte mich aus!

Kapitel 5
Gedanken

Die Tage verflogen rasant. Relativ schnell hatte ich mich an den Alltag, hier in meinem kleinen Schiff, gewöhnt. Nun, wirklich an etwas gewöhnen musste ich mich auch nicht. Alles lief vollautomatisch. Ich hatte meine höchste Geschwindigkeit erreicht und raste durch das dunkle und kalte All. Nichts – noch nicht einmal ein Staubkorn, war da draußen. Nur das Vakuum und der absolute Nullpunkt an Temperatur. Ich erinnerte mich an die Worte meines Astronauten-Kollegen, der damals sagte, dass das All nicht mein Freund wäre. Nun wurde mir das erst richtig bewusst. Diese Reise war eben was anderes als damals auf dem Mond. Zum einen war ich zu der Zeit nicht alleine... hatte also keinen Grund zum Grübeln, wie jetzt – und zweitens hätte die Mission damals, also, wäre sie nach Plan gelaufen, zwölf Tage gedauert. Mir wurde klar, dass dies eine Reise werden würde, die mehr als nur langweilig werden würde. Jetzt, am Anfang – da wäre noch etwas Abwechslung. Der Mars, er erschien bereits im Fenster und wurde von Minute zu Minute größer. Aber ich würde an ihm vorbeirasen wie ein D-Zug, der keine Bremse mehr hat. Wusch... vorbei – ebenso wie die anderen Planeten des Sonnensystems, an denen ich vorbei käme. Mal näher, mal weiter, würde ich je nur einen kurzen Augenblick ein Auge darauf werfen können, dann wäre das Schauspiel jeweils auch wieder vorbei – schade! Aber, was noch schlimmer war, hatte ich den Kuipergürtel erst einmal hinter mir... also, wenn ich aus dem Sonnensystem heraus wäre, dann käme eine große Leere – und dies sogar den größten Teil des Fluges über. Dann käme tatsächlich lange, lange nichts – bis Proxima Centauri irgendwann am Horizont erscheinen würde. Irgendwie wünschte ich mir diesen Zeitpunkt jetzt schon herbei, denn ich war wissbegierig und wollte wenigstens dort einen Fuß auf den Planeten setzen. Aber, da musste ich noch viel Geduld aufwenden. Sehr viel Geduld. Wie erwähnt, nun, am Anfang, da war es noch einigermaßen Abwechslungsreich. Denn das Gute war, dass ich mit der Bodenstation und meiner Familie Kontakt aufnehmen konnte. Aber irgendwann würde das nicht mehr funktionieren, denn ein normaler Dialog, mit Frage und Antwort, würde dann zu lange dauern. Etwa ab dem Ende des Sonnensystems würde es etliche Stunden dauern, bis man die Frage erhalten hat – trotz Lichtgeschwindigkeit, die die Funkwellen drauf haben. Und die Antwort wäre natürlich genauso lange unterwegs. Irgendwann war ich also ganz alleine. Nur die mich umgebende Dunkelheit, mein Schiff und mich würde es dann noch geben. Und die unmenschliche Kälte.

Joe wurde in dem Moment bewusst, dass auch er nicht im Vakuum und in der Kälte überleben würde. Sein Herz und – vor allem, sein Hirn, würden einfrieren und dies innerhalb von Millisekunden. Auf der Erde wäre er anderen überlegen. Mehr Kraft und, vor allem, seine lange Lebensdauer. Aber im All hatte das keine Bedeutung. Da war er genauso verwundbar wie alle anderen. Es wurde ihm klar, dass er, mehr noch wie sonst, auf sich und sein Schiff aufpassen musste, um die Mission nicht zu gefährden. Oder besser – zu Ende zu bringen. Diese Mission musste er zu Ende bringen. Sie war um einiges wichtiger, als die Mission auf dem Mond. Diese Mission könnte über die Zukunft der Menschheit entscheiden. Allerdings wartete auf ihn eine lange Durststrecke – wenn man es so nennen kann. Eine zweihundert Jahre lange. Nur Gott wusste, wie er diese Zeit überleben konnte. Klar, sein Akku würde so lange durchhalten. Aber sein Hirn? Bekäme er Depressionen? Würde sein Körper auch durchgehend gut funktionieren? Würde der Tag X dann irgendwann kommen... konnte er einen Fußabdruck dort im Sand hinterlassen? Das, und mehr fragte er sich an diesem Tag 19 der Mission. Der Mars, er war nun gut zu erkennen...Krater und der höchste Berg im Sonnensystem – Olympus Mons – konnte man, am Rande des Planeten erkennen.

Ich rief Conny an. Mit einer Art Tablett ging das ähnlich wie mit unseren Handys. Die Handys funktionierten natürlich nicht mehr. Aber auch mit diesen Geräten konnten wir uns mit Videotechnik sehen.

   Sie meldete sich bereits nach dem zweiten Klingelton.
„Hallo, mein Schatz, wie geht es dir?" - fragte sie aufgeregt.

   „Oh" - sagte ich - „... was habe ich nur getan? Eine so hübsche Frau alleine zurückzulassen? Was habe ich mir nur dabei gedacht?" - antwortete ich.

Und Joe bemerkte in dem Moment, dass er seine Frau, und auch sein Kind, doch schon sehr vermisste. Und mit den Augen suchte er einen Makel in ihrem Gesicht, aber es gab keinen. Sie war, wie er, im Jahr 2000 geboren, war nur einen Monat älter als er. Sie war nun also auch 43 Jahre alt und ihre Haut war glatt wie mit zwanzig. Ihre hellblauen Augen strahlten Güte aus. Mit ihrem schmalen, roten Lippen und dem spitz zulaufenden Kinn, sah sie noch so aus, dass viele sie für fünfundzwanzig hielten. Die langen, blonden Haare, die in der Sonne immer glänzten, unterstrichen das Bild einer jüngeren Frau noch – ebenso wie ihre knabenhafte Figur... (ja, Joe hatte

*sich manches Mal mehr Busen gewünscht, aber man konnte ja
nicht alles Glück der Welt alleine haben).*

„Aber mir geht's gut" - sagte ich dann mit ruhiger Stimme,
um sie zu beruhigen. „Alles funktioniert tadellos."

„Das ist gut" - lächelte sie. „Auch Mai vermisst ihren Papa.
Aber – wir beide bekommen den Alltag gut hin. Wir
unternehmen viel und machen uns eine schöne Zeit!"

„Das ist gut. Und das freut mich sehr. Ganz ehrlich... es hat
mich viel Überwindung gekostet, euch alleine zu lassen. Aber
alle Überlegungen führten zu dem Schluss, dass ich es eben
machen musste."

„Schweig bitte, sonst muss ich weinen!" - unterbrach sie
mich. „Ja, wir wissen alle, dass die Reise zu teuer geworden
wäre, und, und, und. Und ja, auch ich weiß, dass du tatsächlich
die Nummer 1 von Hundert bist. Aber es schmerzt dennoch,
einen so liebevollen Menschen, so zu verlieren!"

„Du verlierst mich nicht, mein Schatz. Ich werde dich die
ganze Zeit über begleiten! Ganz sicher, Liebes."

*Und Joe wusste nun, dass er Conny altern sehen würde. Und
Mai. Solange die Verbindung funktionieren würde, würde er
sehen können, wie seine zwei Lieblinge älter und älter werden
würden. Er würde sein Äußeres nicht verändern. Er würde
nicht altern. Aber alle um ihn herum. Ja, sie würden auch alle
sterben. Alle... Conny, Mai... alle von der Bodencrew... und
etliche Milliarden Menschen, die er nicht einmal kannte. Leute,
die Hoffnung hatten, dass er sein Okay geben würde, sodass
sie – im Kryo-Schlaf, den Planeten erreichen könnten, um dort
noch gesunde Luft zu atmen... ohne diese extremen Unwetter
und Stürme. Und – um so noch den Rest ihres Lebens glücklich
verleben zu können (also, wenigstens einige Reiche, die es sich*

leisten konnten). Und Joe fragte sich dann noch, ob die Verbindung lange genug halten würde, dass er vielleicht ein Enkelkind sehen würde. Doch diese Dinge lagen in einer weit entfernten Zukunft. Aber gleichzeitig wurde Joe bewusst, dass seine Reise nicht nur lange dauern würde – eigentlich hatte die Reise mit Ankunft seines Opas begonnen. In den fünfziger Jahren des letzten Jahrtausends. Denn Opa war schließlich dafür, dass er Astronaut wird... seine Eltern wollten ja, dass er Botaniker wird, und er die Welt rettet. Letztlich hatte Opa Max alles in die Wege geleitet...

„Ich werde dich begleiten, solange die Verbindung aufrecht erhalten werden kann... und – solange du es willst!"

„Wie meinst du das denn?" - fragte sie und schaute verständnislos drein.

„Nun, du bist eine junge und agile Frau im besten Alter. Du hast Bedürfnisse, die ich dir sowieso nicht mehr hätte erfüllen können. Es wird womöglich ein Tag kommen, wo du einen anderen Mann kennen lernst. Das machte die Entscheidung für mich leichter, um ehrlich zu sein. Wenn ich noch ein richtiger Mann gewesen wäre, wäre ich vielleicht nicht geflogen... denn, sind wir ehrlich! Wir waren doch ein gutes Paar – mit allem Pipapo. Wir führten eine glückliche Ehe, mit unserer Tochter."

„Ja" - unterbrach sie mich - „... und so wird es auch bleiben. Ich liebe dich abgöttisch. Du bist das Beste, was mir im Leben vor die Füße trat. Und daran wird sich nichts ändern!"

„Das glaube ich dir. Aber vielleicht wirst du doch noch einmal einem Mann begegnen!"

„Selbst wenn so etwas passieren sollte, was ich mir im Moment noch nicht vorstellen kann, so würde ich dich doch begleiten wollen, solange es geht – und solange ich lebe!"

*Und nun wurde auch Conny klar, dass sie – und Mai, lange vor
ihm sterben würden... noch bevor er auf diesem Planeten
landen würde. Und alles kam ihr plötzlich surreal vor. Wie ein
Theaterstück, in dem sie nur Zuschauerin war, und nicht
Beteiligte. Irgendwie hatte Joe aber wohl recht. Sie würde hier,
auf der Erde, ihr Leben leben und Joe würde da oben sein. So
weit weg, wie sie es sich nicht vorstellen konnte. Mehr als vier
Lichtjahre. Das sind Abermilliarden Kilometer. Und sie würde
ihn nie wieder in den Arm nehmen können... irgendwann
keinen Kontakt mehr haben. Weil die Verbindung nicht mehr
standhalten würde – und, weil sie sterben würde! Verrückt!*

„Ich liebe dich wirklich, mein Schatz und ich werde dich nie
vergessen. Du wirst immer Teil meines Lebens sein!"
„Das glaube ich dir, bei mir ist es genau so, glaube mir" -
antwortete ich. Und ich schaute ihr tief in die Augen. Tränen
standen darin. Dann winkte sie mir und schaltete ab. Und ich
dachte mir, dass sie nun weinte. Auch mir ging dieser Anruf
sehr nahe.
Ein Blick aus dem Fenster zeigte mir, dass ich am Mars so
gut wie vorbei war. Schnell erhaschte ich noch einen letzten
Blick, bevor er aus dem Sichtfeld verschwand.

Kapitel 6
Das Sonnensystem

Tag 117. Nur das zischen des Sauerstoffventils unterbrach die Ruhe. In unregelmäßigen Abständen ließ das Schiff diesen Sauerstoff ins Innere, da mein Herz und mein Gehirn diesen Stoff brauchten. Aber bei weitem nicht so viel wie bei einem normalen Astronauten.

Jedenfalls kam nun Jupiter ins Sichtfeld. Leider weit links und weit weg. Nur weil Jupiter so gigantisch groß ist, konnte ich diverse Details in den Wolkenbändern erkennen. Man sah deutlich die Verwirbelungen die die Stürme dort verursachen. Manche Wirbel drehten sich rechts herum, die anderen links. Und beinahe alle Farben waren vertreten. Die Wolken waren weiß, hellblau, beige, gelb und rötlich. Ein ähnlich faszinierender Anblick wie die Wolken auf der Erde. Nur noch viel größer. Dann geschah etwas, wo ich nicht damit gerechnet hatte – worauf mich auch keiner von der Bodenstation hingewiesen hatte. Der Mond Europa kam plötzlich meinem Schiff sehr nahe. Ich fragte mich, ob sie nicht daran gedacht hatten, oder einfach vergessen hatten, mich darauf hinzuweisen.

Ich rief die Jungs auf der Erde an. Die Verbindung dauerte nun schon einige Minuten. Bis ich Antwort erhielt, vergingen mehr als fünfzehn Minuten. Sie hatten sich entschuldigt, dass sie vergessen hatten mich zu informieren. Daher fragte ich nach, ob sie sonst noch etwas vergessen hatten.

„Nein" - war die Antwort des guten, alten Michael. Er stand kurz vor der Rente und ich vergab ihm daher seinen Fehler.

„Es bestand aber zu keiner Zeit Gefahr für dich und dein Schiff. Die Berechnungen ergaben, dass du noch gut zehntausend Meter vom Europa entfernt warst!"

„Ja, das kann gut sein. Aber mein Herz schlug um einiges höher, mein Freund. Wenn du bei dieser Geschwindigkeit plötzlich eine riesige weiße Wand auf dich zufliegen siehst, dann denkst du, dass dein letztes Stündchen geschlagen hat."

„Tut mir leid" - sagte Michael erneut und sein weißer Bart wackelte dabei. Ja, er sah aus, wie man sich den Nikolaus vorstellt.

„Ist okay, Chef" - beschwichtigte ich.

„Noch eine Bitte" - sagte er dann - „... wenn du bei Saturn vorbei kommst, könntest du mir dann ein paar Fotos senden?"

„Klar, mache ich" - sagte ich dann wieder besser gelaunt.

Zwischendurch telefonierte ich mit Conny und mit Mai und mit anderen Kollegen. Noch war sie nicht da, die befürchtete Einsamkeit. Und alles lief wie am Schnürchen. Der Motor brummte leise vor sich hin. Ich nahm täglich meine Pille und alles war in Ordnung. Auch Karl und Ben hatten sich zwischendurch gemeldet und gefragt wie es mir geht. Und doch war da eine unangenehme Eintönigkeit des Alltags. Einen Tag/Nacht-Rhythmus hatte ich ja nicht. Meine Ruhepause nahm ich wenn es mir danach war. Denn ein Zeitgefühl war quasi nicht mehr vorhanden. Das Licht im Schiff ging nie aus und draußen war immer Nacht. Die Sterne konnte man zwar sehen, aber das war ein Brei der in alle Richtungen gleich aussah.

Tag 201. Saturn kam näher und ich nahm die Kamera zur Hand. In der Kamera war die neueste Technik verbaut. Sie machte wahnsinnig naturgetreue Fotos. Das wusste ich, da ich sie noch auf der Erde ausprobiert hatte. Der Zoom war so stark, dass ich vom Boden aus die Krater auf seinem Mond fotografieren konnte, und dies gestochen scharf. Die 3D-Einstellung war so gut, dass man die Höhenunterschiede zwischen Berg und Tal gut unterscheiden konnte.

Saturn kam näher. Ich machte eine ganze Reihe von Fotos. Mit und ohne Zoom. Ich konnte sogar noch einige Fotos von einigen seiner Monde machen. Michael würde sich freuen, wenn er die Fotos erhielt. Da genügend Speicherplatz auf der Kamera war, entschloss ich mich, dies auch bei den anderen Planeten zu tun, an denen ich noch vorbei käme.

Das tat ich dann auch. Ich knipste Fotos von Neptun, Uranus und Pluto. Ich sendete alle Fotos zur Erde und hörte dann, dass Michael nun in Rente war. Er würde sie nicht mehr sehen können. Für mich war die Welt so, als ob erst drei Wochen vorbei wären. Meine Akku-LED´s waren jedenfalls noch alle grün. Dabei war ich nun im Begriff das Sonnensystem zu verlassen. Ich musste nur noch durch den Kuipergürtel, dann war ich draußen – außerhalb des Systems. Der Gürtel bestand aus so vielen Eisbrocken und Gesteinsbrocken, die so dicht beieinander standen, dass eine Kommunikation kaum mehr möglich war. Erstens dauerte es dann lange, wie erwähnt, und zweitens wären dann die Nachrichten nur noch verstümmelt und voller Rauschen. Erst wenn ich auf dem Planeten wäre konnte ich wieder senden, weil selbst der Kuipergürtel dann keinen Einfluss auf die Nachrichten hatte. Allerdings wären dann die Nachrichten über vier Jahre unterwegs...

Kapitel 7
Der Unfall

Ich dachte wieder an alle, mit denen ich zu tun hatte – allen
voran an Conny und Mai... aber auch an Michael, der nun
seinen wohlverdienten Ruhestand genoss. Aber ich dachte auch
an meinen Vater (an Mutter seltsamerweise weniger, aber das
hatte einen Grund – sie hielt sich aus allem heraus. Papa
versuchte stets die Dinge nach seiner Meinung zu drehen...) -
ich dachte also an den Tag, es war der zwölfte Mai, als er
versuchte mir das Astronautenstudium auszureden. Ich solle
Botaniker werden und mithelfen die Welt zu retten. Als ob das
so einfach wäre. Die Technologie war damals, im Jahre 2034
(also, noch bevor ich Astronaut wurde) quasi vorhanden. Es
gab auch in der Tat so einiges, was man hätte tun können. Die
eigentliche Schwierigkeit bestand eher darin, die Völker der
Erde zu Einen... genügend Geld zur Verfügung zu stellen, dass
selbst die ärmeren Länder den Plan nicht durchkreuzten, also
– so, dass alle das Selbe machen konnten. Denn, solange nur
eine Nation einen gewissen Grenzwert an toxischen Stoffen
nicht überschritt, das würde kaum etwas nützen. Nein, die Welt
müsste auf einen Schlag vieles anders machen. Und da lag das
Problem. Selbst die Politiker, die es in der Hand gehabt hätten,
sahen andere Dinge als dringlicher an oder hatten nicht genug
Mittel, um das Nötige umzusetzen. Kriege und Unruhen... die
Welt hatte ja noch nicht einmal bei den elementaren Problemen
eine Antwort, die jeder Nation gefiel. Jeder machte also alles
weiterhin so falsch, wie zuvor.
  Inmitten dieser Gedanken erschütterte plötzlich ein Ruck das

kleine Schiff. Es war nur ein keines Wackeln, danach schien alles wieder normal zu sein. Aber da auch ein Knall zu vernehmen war, wurde mir schnell klar, dass etwas mein Schiff getroffen haben muss. Die Brocken im Kuipergürtel sind so dicht, dass sie sich ab und zu berühren. Dann wird ein Stück Eis oder Gestein ins innere Sonnensystem geschleudert. Das musste so ein Bocken gewesen sein! Ich versuchte die Bodenstation zu erreichen. Doch der Bildschirm war schwarz und zeigte nur Error an. Schnell wurde mir bewusst, dass die Satellitenschüssel getroffen worden sein musste. Zu diesem Zweck war in der Tat ein Außenanzug an Bord. Und – tatsächlich eines der wenigen Ersatzteile... eine weitere Schüssel. Viel konnte tatsächlich nicht kaputt gehen. Alles war komplett wartungsfrei und man hatte mir versichert, dass alles bis zur Landung funktionieren würde. Aber, die Kommunikation... die war nicht nur am anfälligsten, sondern auch am wichtigsten. Denn, sie wollten ja, wenn es soweit ist, ein Ja oder Nein von mir haben. Ein Go oder no Go vom Planeten Hope, wie sie ihn nannten. Was blieb mir also anderes übrig, als mir meinen Anzug zu schnappen und ihn anzuziehen? Doch zuerst entnahm ich das Ersatzteil. Viele Dinge des alltäglichen Lebens waren in Schränke und Schubladen, die in die Wand eingebaut waren, untergebracht. Die Satellitenschüssel befand sich jedoch quasi im Kellergeschoss meines kleinen Schiffes. Eine quadratische Bodenklappe, die fast in der Mitte des einzigen Raumes angebracht war, musste ich nun also öffnen. Dafür musste ich den versenkten Griff aufklappen. In der Mulde lag dann die etwa 60 cm große Schüssel, wie man sie von der Erde her kennt. Ähnlich denen, die die Leute für den TV-Empfang nutzten. Da ja keine allzu großen Daten versendet wurden, genügte die Größe der Schüssel und das dazugehörige LNB.

Daneben lag das Werkzeug, das ich brauchen würde. Ich legte das Teil neben die Mulde und schloss wieder den Deckel. Der Außenanzug befand sich in der Schleuse. Direkt neben der eben verschlossenen Mulde im Boden befand sich die Einstiegsluke, durch die ich auch beim Einsteigen gekommen war. Da musste ich wieder runter. Doch diese Tür ließ sich nicht so leicht öffnen. Denn darunter war eine Kammer, die gerade so Stehhöhe hatte. Diese Kammer diente als Druckausgleichskammer. Ich musste also alles in einer Reihenfolge erledigen. Erstens, in die Kammer gehen. Dafür war die Treppenleiter angebracht. Von unten musste ich dann diese Luke schließen. Dann musste ich den Anzug anziehen. Ein Klacken und ein grünes Licht zeigten an, dass der Anzug korrekt entnommen war. Wenn der Anzug angezogen war, musste ich, genau wie bei der ersten Luke, einen vierstelligen Code eingeben, erst dann würde sich unter mir die Luke öffnen. Eine Tastatur mit zehn Zahlen und einer Okay-Taste, war also je an der Wand angebracht. Von dort aus führte eine Leiter rund ums Schiff bis zum Dach. Dort, etwa in der Mitte, war die Schüssel angebracht.

Joe nahm also die Schüssel und das Werkzeug. Die Schüssel ließ er langsam an ihrem eigenen Kabel herab. Mit dem Werkzeug in der rechten Hand, stieg er dann die fünf Stufen hinunter. Er verschoss die obere Luke mit dem Code und zog sich den Anzug an. Dann band er sich das Werkzeug um. Aus diesem Zweck war ein Lederband am Werkzeug angebracht. Auch dieses Detail unterschied sich also kaum, wie ein vergleichbares Teil, von der Erde. Dann gab er den Code für die Bodenluke ein. Er harkte den Sicherheitshaken an die Leiter während die Luke sich langsam öffnete. Als die runde Tür komplett offen war, nahm er allen Mut zusammen und stieg

*aus. Das war nicht so einfach, schließlich hatte er in seiner
rechten Hand die Schüssel. Joe hielt sie sehr fest, wusste er
doch nicht, ob draußen – durch die hohe Geschwindigkeit, ein
gewisser Druck vorhanden war, der ihm die Schüssel hätte
entreißen können. Dem war aber nicht so. Dennoch ging er
extrem vorsichtig, Stufe für Stufe. Als er oben angekommen
war, sah er, dass in der alten Schüssel ein großes Loch war.
Das LNB fehlte komplett. Er überschaute die restliche Gegend.
Das Schiff selbst hatte, wie es aussah, scheinbar sonst keinen
Kratzer, und Joe dachte, dass er mal mit einem blauen Auge
davongekommen ist. An der zerstörten Schüssel angelangt,
schraubte er sie los. Hierfür musste er vier Schrauben lösen.
Auf die musste er aufpassen, da er die später wieder brauchte.
Als er auch das Kabel aus der Steckverbindung gelöst hatte,
schwebte die Schüssel, langsam, wie von Geisterhand davon.
Und Joe dachte, dass es ihm genauso gehen würde, wenn er
nicht angeschnallt wäre. Die Schüssel würde nun jedenfalls für
alle Ewigkeit durchs All fliegen. Joe schritt also jeden weiteren
Schritt mit Bedacht. Zuerst schraubte er die Schüssel fest.
Dann steckte er das Kabel in den Stecker. Fertig! Auszurichten
brauchte er sie nicht, da sie ja wie die alte Schüssel am selben
Platz war. Er lief also zurück und tat alles in umgekehrter
Reihenfolge, bis er wieder in seinem Zimmer war. Ach, wie
gerne hätte er da mal ein Bier getrunken... oder gar einen
Schnaps. Aber beides war unmöglich und so vertrieb Joe
diesen Gedanken schnell wieder. Er war aber heilfroh, dass
das so gut geklappt hatte. Er wünschte sich also eine
Weiterreise ohne weitere Vorkommnisse – auch wenn's
langweilig werden würde.*

Ich schaltete also die Kommunikation ein, um zu testen ob
alles gut funktionieren würde. Doch zuerst musste ich mit der,

in den kleinen Tisch eingebauten Tastatur, die neue Schüssel anmelden. Weshalb das nicht automatisch geschah, konnte ich nicht verstehen. Aber dann klappte alles. Wenn auch die Antwort der Bodenstation auf sich warten ließ.

Kapitel 8
Die weiteren Planeten

Längst hatte ich die Aufregung des Unfalls vergessen. Ja, eine gewisse Langweile hatte sich breit gemacht. Es waren eben auch ein paar Wochen vergangen, ohne dass etwas nennenswertes passiert wäre. Ich hatte wirklich quasi nichts zu tun. Andere Astronauten mussten wegen der Schwerelosigkeit trainieren – ich nicht. Meine Muskeln waren aus Kunststoff, angetrieben durch Elektromotoren. Sie würden noch sehr lange funktionieren. Natürlich „telefonierte" ich, so oft es ging mit Conny und der gar nicht mehr so kleinen Mai. Selten mit der Bodenstation, denn es gab weder Fragen oder Anweisungen von denen, noch stellten sich mir irgendwelche Fragen, die ich denen hätte stellen können. Und ich fragte mich, was erst los war, wenn die Kommunikation kaum noch funktionieren würde. Dann wären da nur noch wenige Sterne zu sehen, alle weit, weit weg. Über zwei Drittel der Reise würde quasi gar nichts passieren. Nur eine schlimme Hürde stand noch bevor! Der Kuipergürtel selbst! Das jetzt bereits ein Teil von dort die Schüssel traf – wie würde es dann erst sein, wenn ich mittendrin wäre... wo tausende dieser Brocken umher schwirren? Dieser Gedanke machte mir etwas Angst. Doch, was sollte ich tun? Ein Zurück war nicht vorgesehen. Und das wusste ich. Es gab nur einen Aufenthalt, und das war der fremde Planet.

Nun aber wurde erst einmal Uranus im Fenster größer. Man, hatte der eine schöne Farbe. Dieses Türkis ließ einen von Weitem denken, man könne dort direkt ins Wasser springen –

so, als ob der gesamte Planet ein einziger Ozean wäre. Nur der Sandstrand fehlte. Nun, das mit dem Wasser ist quasi auch so – nur dass dieser Ozean ein unendliches Meer aus Wolken ist. Extrem kalt und giftig. Schmale weiße Wolken erinnerten an Kondensstreifen wie sie Flugzeuge in der Luft der Erde hinterlassen. Wenn alles auch einladend aussah – es ist kein Ort zum wohlfühlen. Ich schoss also meine Fotos und wartete, bis ich vorbei war. Dann passierte wieder lange nichts...

Dann flog ich noch an Neptun und Pluto vorbei, was ebenfalls jeweils ein fantastischer Anblick war.

Nach weiteren Wochen sah es so aus, als ob sich ein Nebel vor mir auftun würde. Der Kuipergürtel! Die Eisbrocken sahen ähnlich aus wie die Ringe des Saturn (der war der tollste Anblick). Beim näherkommen, konnte ich auch beinahe schwarze Brocken erkennen, die aussahen wie früher ein Stück Steinkohle.

Aber, entgegen meiner Angst, passierte nichts... irgendwann war ich dann draußen, aus dem Kuipergürtel.

Dann kam das Nichts!

Kapitel 9
Die große Leere/hatte Papa recht?

Die Kommunikation funktionierte zwar, aber, wie erwartet, dauerte es nun quasi unendlich lange, bis Antwort kam. Eigentlich war das nicht schlimm, denn von keiner Seite gab es irgendetwas zu berichten. Alles lief. Der Motor brummte und es gab keine Störungen. Das war zwar gut, trug aber dazu bei, dass die Langeweile sich nicht besserte. Schlimm war nur, dass ich eben auch kaum noch mit Conny oder Mai reden konnte. Die Beiden vermisste ich am meisten. So dachte ich viel über die Dinge nach – die, auf dem Mond... der Unfall... an Conny und Mai, aber auch an Mama und Papa. Und ich erinnerte mich an Karl und Ben. Immer wieder. Wie es denen jetzt wohl erging? Alles war irgendwie surreal. Ich war in Verbindung mit anderen, aber irgendwie auch nicht. Das alles kam mir nun wie eine Prüfung vor. Die Prüfung bestand darin, ob ich es gesund überleben würde. Oh, mein Körper ganz sicher – aber auch mein Geist? Würde ich eine Art Koller erleiden – Depressionen bekommen? Das hätte ich mir so nicht vorgestellt. Ich wusste aber vorher über alles Bescheid. Auch über diese Unendlichkeit. Da draußen war noch nicht einmal ein Staubkorn! Nichts, man kann sich das kaum vorstellen.

Ja, dieser Teil der Reise machte Joe am meisten zu schaffen. Es fiel ihm unheimlich schwer. Er existierte nur und Zweifel kamen in ihm hoch. Wäre es nicht besser gewesen, es auf der Erde erst gar nicht so weit kommen zu lassen – fragte er sich. Die Klimakatastrophe – vielleicht hatte sein Papa damals recht gehabt, dachte er. Vielleicht wäre es wirklich besser gewesen, die Erde von der Erde aus zu retten. Als es noch an der Zeit war. Dann dachte er an die Menschen, die ihm gegebenenfalls folgen würden. Okay, die würden die Zeit im Kryo-Schlaf überbrücken, dennoch wäre es eine Strapaze. Muskelschwund, ein wunder Rücken vom liegen und Rückenprobleme fielen ihm als erstes ein. Was, wenn bei denen nicht alles so glatt lief, wie bei ihm. Wenn Computer versagten, die Sauerstoffzufuhr stockte oder das Essen knapp werden würde. Joe wurden zwei Dinge klar. Dass die Reise eigentlich unmöglich durchzuhalten war, für einen normalen Menschen – und – ob sein Vater vielleicht nicht doch recht hatte. Hätte er als Botaniker auf der Erde mehr erreichen können... als (vielleicht) irgendwann einmal eine Gruppe Menschen auf diesen Planeten zu bringen? Manche seiner Kollegen hatten sogar von einem Planeten geredet, der einhundert Lichtjahre weit weg war! Das war fast 100 mal weiter wie Proxima Centauri. Dorthin zu gelangen, wurde Joe bewusst, war quasi unmöglich. Selbst mit Lichtgeschwindigkeit bräuchte man 100 Jahre! Niemand wird so alt, jedenfalls kein normaler Mensch.

Ich reiste also durch die Zeit in eine ungewisse Zukunft. Aber das tun wir ja alle, die meisten Leute sind nur nicht so einsam. Einmal mehr wünschte ich mir, endlich anzukommen. Aber... ich hatte noch unglaubliche 120 Jahre vor mir. Nur Gott wusste ob ich das schaffen würde. Ich brauchte eine Aufgabe! Ich entwarf also am PC ein Computerspiel. Um nicht verrückt zu werden spielte ich also irgendwann ein einfaches Spiel.

Kapitel 10
Der Planet Hope... endlich

Anno 2243

Dann endlich, tatsächlich nach einer Ewigkeit, erschien in meinem kleinen Fenster ein weißer Punkt. Der Stern Proxima Centauri. Beim näherkommen wurde der Stern etwas gelblicher. Der Stern ist unserer Sonne nicht unähnlich. Mit Freude sah ich in dieses Licht. Ach, wie hatte ich auf diesen Moment gewartet. Fast 200 Jahre waren vergangen und von der alten Bodencrew existierte keiner mehr. Auch Conny und Mai nicht. Irgendwann hatten sie mir – ich weiß nicht mehr wann... mitgeteilt, dass Mai gestorben war. Ein Blitz hatte sie getroffen! Conny hatte also ihr Kind überlebt, was für sie unbeschreiblich schrecklich gewesen sein muss. Nur wenige Jahre später kam dann die kalte Mail (kein Anruf mehr!) - dass Conny auch gestorben war. Beides hatte mich unendlich traurig gemacht. Ich hatte sogar (teilweise hatte es sogar geklappt) versucht, das Ganze zu verdrängen, weshalb ich es erst jetzt erwähne... mein Verstand funktionierte damals nicht so richtig... ich konnte auf keine Beerdigung gehen... wusste nie wirklich wie es ihnen ergangen war – ohne mich. Und das traf auch auf andere zu, die ich gekannt hatte. Nur ich war noch übrig von hundert, die ich je gekannt hatte. Ganz zu schweigen von den Millionen Menschen, die ich nicht gekannt hatte, und die nun alle tot waren. Obwohl man das alles vorher weiß, wird es einem erst bewusst, wenn es soweit ist – und es ist schrecklich... alle überlebt zu haben. Und so traurig. Aber es galt nach vorne zu schauen.

Jedenfalls war nun heute, dieser Tag, als der gesuchte Stern näher kam, ein Grund zum feiern (und wieder hatte ich kein Bier – aber auch niemanden, mit dem ich hätte anstoßen können).

Nun sah ich sogar einen schwarzen kleinen Punkt, der sich vor die Sonnenscheibe vorbeischob. Der Planet Hope (ich beschloss, es bei diesem Namen zu belassen).

Mir ging es, nach all den Strapazen, endlich wieder besser. Das letzte halbe Jahr wäre ein Klacks für mich!

Übermorgen schon, so der Plan der Bodencrew, würde ich bereits den Flug verlangsamen. Kurz bevor ich auf dem Planeten landen würde, hätte ich immer noch etwa 40000 Kilometer je Stunde drauf. Erst im Landeanflug würde mein Schiff dann extrem abbremsen. Bis zum, hoffentlich, sanften Aufsetzen.

Kapitel 11
Die ersehnte Ankunft

Als ich im Landeanflug war, sah ich im Hintergrund des Planeten einen Mond, scheinbar ähnlich wie der Erdmond. Jedenfalls sah er so ähnlich aus. Der Planet Hope selbst war unbeschreiblich schön! Von Weitem hatte ich schon gesehen, dass er so blau war wie die Erde – das heißt, die Farbe ging eher ins Türkise. Dazwischen weiße und leicht gelbliche Wolken. Beim näherkommen sah man auch einen Ozean und Kontinente... es war verblüffend, wie ähnlich Hope der Erde doch war. Um das Äquatorgebiet war alles Grün. Dunkelgrün um genau zu sein. Ich flog mit der Erddrehung (also Planetendrehung), was meine Geschwindigkeit weiter verringerte. Während der Umrundungen um den Planeten sank ich kontinuierlich. Es galt nur noch eine geeignete Landestelle zu finden. Irgendwo, wo keine hohen Bäume waren, kein Wasser und wo der Untergrund eben und fest erschien. Ich flog also kreuz und quer über den Planeten. Plötzlich sah ich rechts vor mir Tafelberge und darauf so etwas wie Häuser! Ich steuerte mein Schiff mit meinem Lenkhebel, mit dem ich auch die Geschwindigkeit regeln konnte, in Richtung dieser Berge. Um die Berge war ein See. Das sah sehr malerisch aus. Eines stand nun schon fest. Die Bewohner der Häuser lebten in einem Paradies! Die Außentemperatur zeigte knapp 35° Celsius an. Es musste also Sommer sein – falls es hier so etwas wie Jahreszeiten gab. Das war eines der Dinge, für die Forscher der Erde, wahrlich im dunkeln lagen. Sie vermuteten es, da der Planet sogar etwas stärker geneigt war, als die Erde, aber sicher war das nicht. Sie wussten auch nicht genau, ob die Bahn um seine Sonne rund oder eher elliptisch war. Sie wussten nur, dass er etwas näher als die Erde an seinem Heimatstern war... das erklärte die Wärme! Eine Art Laser traf aus einem der Häuser mein Schiff, was bedeutete, dass sie mich gesehen hatten. Die Sensoren des Schiffes zeigten keine Störung an. Es kam mir also plötzlich vor, als ob sie mir nur den Weg weisen wollten. Ich flog also auf das rote Licht zu. Dort in der Nähe angekommen, landete ich dann sanft auf einer Blumenwiese! Oh ja, heute noch würde ich meinen Fuß – als erster Mensch, auf einen fremden Planeten setzen! Innerlich hoffte ich, dass die Bewohner mir friedlich gesinnt waren. Das war ja nicht so sicher. Die Menschen auf der Erde würden jedenfalls bereits ihre Waffen auf das Schiff richten, dessen war ich mir sicher.

Noch bevor ich gelandet war, sah ich Menschen, die auf das Schiff zugingen! Menschen wie ich... eh, mal einer war. Ich hatte mit allem gerechnet – nur nicht mit so etwas. Da waren Kinder, Frauen und Männer! Okay, sie hatten alle andere Kleidung an, wie sie auf der Erde Mode war... obwohl – ich wusste gar nicht, welche Mode dort nun modern war. Alle hatten jedenfalls Overalls an, die im ersten Moment an Taucheranzüge erinnerten. Aber Gummi war das ganz sicher nicht. Eher ein ziemlich dünner Stoff. Orange und gelb waren die dominierenden Farben, aber auch blau und rot trugen die etwa zwanzig Leute, die sich nun vor dem Schiff versammelt hatten. Ich setzte weich auf. Augenblicklich hörten die Motoren auf zu summen. Ich war jetzt hier gelandet. Egal wie sie mir begegnen würden, ob friedlich oder nicht, ich musste hinaus. Alleine schon, weil ich auch gar nicht hätte zurückfliegen können. So, wie ausgerechnet, hatte mein „Sprit" genau bis hierher gereicht! Okay, der „Tank" war nicht komplett leer, aber es hätte noch nicht einmal für einen Start gereicht. Nun, das war auch nicht vorgesehen. Hier würde auch meine letzte Stunde schlagen. Aber auch das wusste ich ja vorher. Obgleich meine letzte Akku-LED sogar noch grün zeigte – was immer das auch zu bedeuten hatte. Hatte ich noch einige Jahre oder nur noch Wochen, Monate... Stunden – ich wusste es nicht. Die Vorschrift hatte eigentlich geheißen, dass ich mich bei der Landung anschnallen sollte, doch darauf hatte ich gepfiffen. Es war sowieso niemand da, der es hätte kontrollieren können – und selbst wenn. Doch eine Vorschrift erledigte ich noch, bevor ich ausstieg. Ich richtete die Antennenschüssel in Richtung Erde aus. Das geschah automatisch, ich brauchte hierfür nur eine Taste zu drücken. Es wurde auch ein Signal gesendet, das denen auf der Erde sagen würde, dass ich gelandet war. In vier Jahren und zwei Monaten würde dieser Fiepton dort in den Lautsprechern erklingen. Wenn dort noch jemand saß. Es könnte ja sein, dass ein Sturm oder eine Flut alles zerstört hat. Vielleicht war das erst Gestern passiert, wer konnte das wissen? Meine letzte Nachricht von denen war jedenfalls sehr kurios. Der mir unbekannte Sprecher, hatte mir mitgeteilt, dass vor kurzem mein alter Freund und Kollege Ben gestorben wäre. Mein Lebensretter! Er wäre über hundert Jahre alt geworden.

„Vergiss uns nicht" - hatte er dann noch gesagt - „... ja, ich nenne dich von heute an Forget... das passt doch. Denn du bist derjenige, der nichts vergessen soll, aber uns alle vergessen muss, weil es uns nicht mehr gibt!" Dann legte er auf! Das war schon lange her.

Aber mir gefiel irgendwie, was er gesagt hatte.
Ja, ich war Forget, der Zeitreisende...

Ansonsten kamen nur noch Mails mit Angaben wo ich mich

gerade befand und wie lange ich noch fliegen musste. Ab und zu kamen auch Störsignale, aber die ignorierte ich.

Dann sah ich noch etwas auf dem Landeplatz, kurz bevor ich ausstieg, was mich noch mehr verblüffte, und womit ich am allerwenigsten gerechnet hatte. Hinten, vor den Bergen, die sich am Horizont abzeichneten, war eine Pyramide! Nur das diese Pyramide nicht in der Wüste war, sondern von Wäldern und Feldern umringt war. Wege und Brücken verbanden die Inseln, die von Wasser umgeben waren. Das alles sah wirklich toll aus. Und für den Moment waren alle Strapazen vergessen.

Joe – alias Forget bewunderte die Schönheit des Planeten. Ihm unbekannte Pflanzen und Bäume waren zu sehen. Und eine Pyramide. Und Häuser und Menschen! Vieles war wie auf der Erde, Felsen, Wasser... und die Leute!

Kapitel 12
Der erste Kontakt

Ich stieg aus. Nur die Kommunikation vom Schiff funktionierte noch. Strom war noch genug vorhanden, sogar für Jahre! Bevor ich die untere Luke öffnete kontrollierte ich die Anzeige, die sich neben der Tastatur befand. Sie zeigte nun den Sauerstoffgehalt von draußen an. Und die anderen Stoffe. Zu lesen brauchte ich nicht, was da stand, denn die LED zeigte ein grünes Licht an. Dennoch las ich den ersten Wert. 24 % Sauerstoff. Noch etwas mehr als auf der Erde. 70% Stickstoff, etwas weniger als auf der Erde. Also tatsächlich gut, wenn nicht sehr gut.

Es zischte etwas, als die Luke sich öffnete. Wohl der Mief von zweihundert Jahren, dachte ich. Ich stieg so ziemlich das letzte Mal diese Stufen herab. Der Boden war weich, da es eine große Wiese war.

Dann lief ich den Leuten entgegen, die mich freundlich anlächelten und mich begrüßten. In Englisch! - sie sprachen meine Sprache. Wieder etwas, was ich in keinster Weise verstehen konnte oder geahnt hätte. Kurz hatte ich einen schlimmen Gedanken! Was – wenn ich die ganze Zeit nur im Kreis geflogen war, und nun auf einem unbekannten Teil der Erde gelandet war? War das möglich? Nein, gab ich mir selbst die Antwort. Du bist immer geradeaus geflogen, an allen Planeten vorbei, hast alles gesehen und dir nichts eingebildet. Alles war echt!

„Hallo, willkommen bei uns!" - begrüßte mich eine sehr

hübsche, etwa fünfundzwanzig jährige Frau.

Was mir jetzt auffiel, war, dass keiner der Anwesenden blonde Haare hatte. Alle hatten tief schwarze Haare. Aber keiner sah asiatisch oder afrikanisch aus. Eher schon wie Nordafrikaner. Tunesier oder Marokkaner, aber dennoch hatten die Menschen ein europäisches Aussehen. Bei näherer Betrachtung hatten tatsächlich sogar alle blaue Augen, was so gar nicht zum restlichen Aussehen passte. Es war, als ob ich auf der Erde auf eine neue Rasse angetroffen wäre (Obwohl das Wort Rasse bei vielen Völkern aus dem Wortschatz gestrichen wurde – egal).

„Na, hallo" - entgegnete ich, ebenso freundlich, wie sie mir entgegentraten - „.... ich freue mich, dass ich so freundlich begrüßt werde. Damit habe ich nicht gerechnet. Ich habe mit so einigem hier nicht gerechnet! Dass ich auf Menschen treffe, die auch noch meine Sprache sprechen und dass ihr in Häusern wohnt, wie ich sie von meinem Planeten her kenne!"

„Nun, wir wissen von wo du kommst. Aber lass uns bei einem feinen Mahl weiterreden! Im Moment haben wir nur eine Frage. Wieso bist du ein Roboter?" - fragte die Sprecherin von eben.

„Das bin ich seit einem Unfall auf unserem Mond."

Die Frau sagte dann: „Verstehe, folge uns. Dort werden wir alles besprechen."

Und Joe – oder nun Forget, grübelte den gesamten Weg über, ob er vielleicht eingeschlafen war und nur träumte oder ob das alles wirklich echt war – wirklich geschah. Wenn er noch ein normaler Mensch gewesen wäre, hätte er sich in den Arm gezwickt und darauf geachtet, ob er den Schmerz spürt. Und er fragte sich, wie das alles sein konnte? Dass die Menschen Menschen waren, dann die Pyramide und die Häuser –

*überhaupt die Ähnlichkeit der Erde. Wie kam das? Um es mal
so auszudrücken: er fühlte sich, als sei er im falschen Kino
gelandet – im falschen Film. Mit der Natur um ihn herum,
damit hatte er noch halbwegs gerechnet. Dass es Lebewesen
gab, okay. Auch das war irgendwo im Bereich des Möglichen.
Mehr noch, damit war zu rechnen. Irgendwelche Fische,
Insekten oder Kleinlebewesen wie Mäuse... das wäre für Joe
normal gewesen. Aber dass die Leute auch noch seine Sprache
sprachen, das ließ ihn an seinem Verstand zweifeln. Wie war
das möglich?, fragte er sich wieder und wieder. Nun, er würde
es erfahren, so hoffte er jedenfalls.*

Ohne weitere Worte liefen wir über die Wiese. Ich ging als
letzter hinter der Menschenschlange her. Hier und da redeten
sie doch etwas, was ich aber nicht verstand, da ein Wasserfall
rauschend das Tal hinunterstürzte. Eine schmale, schwarze
Brücke führte hinunter zu einer Insel, auf deren Anhöhe nur ein
einziges größeres Haus stand.

„Warum stehen alle eure Häuser auf Hügeln oder Bergen?
Gibt es wilde Tiere, vor denen ihr euch schützen müsst?“ -
fragte ich laut in die Runde.

Der Mann vor mir antwortete nur lächelnd: „Nein, keine
bösen Tiere. Es ist bei uns nur etwas wärmer als auf der Erde.
Von da kommst du doch her?“

„Ja, von da komme ich, stimmt“ - gab ich Antwort.

Der gutaussehende Mann hatte sich zwischendurch nach
vorne gewandt, um nicht zu stolpern. Nun drehte er sich aber
wieder zu mir um, während er sprach: „Auf den Bergen weht
immer ein kühlerer Wind. Das gefällt uns.“

„Verstehe“ - sagte ich nur knapp und ich fragte mich, warum
wir nicht ein Fahrzeug für den doch recht weiten Weg
genommen hatten. Wenn sie so moderne Häuser bauen

konnten, müssten sie auch in der Lage sein, so etwas wie Autos zu bauen. Nun, es würden noch mehr Fragen auftauchen. Ich war gespannt, was ich noch alles erfahren würde!

Nach... es war für mich schlecht abzuschätzen, aber ich würde mal meinen, etwa vier Kilometern Fußmarsch, kamen wir an dem einzigen Haus an, das dort auf einem kleinen Berg thronte. Es war eine kleine Insel und um uns herum war Wasser. Ich nahm an Süßwasser. Das Haus war groß und es glich einer alten Villa, wie man sie in Frankreich oder England im neunzehnten Jahrhundert auf der Erde gebaut hatte. Für mich wurde die Sache immer seltsamer. Wo war ich nur gelandet, fragte ich mich erneut.

Das Haus war imposant. Den Sockel bildeten... ich nehme an, Granitsteine. Große Quader, die jeweils etwa hundert Kilo wiegen mussten, waren verbaut. Ich schätzte das Haus auf zwanzig mal zwanzig Meter. Ja, das Haus war quadratisch und das Dach war so angeordnet, dass es eine Pyramide bildete. War das eine Art Tempel? Jedenfalls führten sie mich erst in eine Art Speisesaal. Um Holztische, die U-Förmig aufgestellt waren, standen verschnörkelte, dunkle Holzstühle, die gepolstert waren und eine hohe Rückenlehne hatten. Alles wirkte fast wie eine Tafelrunde der alten Ritter. Ich rechnete bereits damit, dass gleich irgendwelche Lautenspieler auftauchen würden. Aber das geschah dann doch nicht.

Sie wiesen mir einen Platz direkt neben der hübschen Frau, die mich auch als Erste angesprochen hatte, zu. Etwa in der Hälfte des Tisches, saßen wir, und mir dämmerte, dass – da sie die Einzige war, deren Overall als grün war, dass sie die Chefin der Truppe war. Womöglich hatten die Farben ihrer Anzüge eine Bedeutung... eine Rangordnung.

Als alle an ihrem Sitzplatz platz genommen hatten, begann sie eine Rede: „Ich begrüße erneut einen Gast aus unserer alten

Welt!"

*Joe war schon wieder erstaunt. Hatte er richtig gehört? Waren
diese Menschen wirklich von der Erde hierher gekommen?
Wann sollte das gewesen sein? Es musste lange her sein! Die
Pyramide – er ahnte nun noch mehr. Die Geschichten, von
denen ihm sein Opa erzählte, als er etwa zehn war, da schien
so einiges dran zu sein. Sein Opa hatte ihm immer gesagt, dass
andere ihn deswegen für verrückt gehalten haben. Aber er
habe ein uraltes Buch gelesen, eine Art unbekannte Bibel, in
der vieles gestanden hätte, von dem Opa ihm immer erzählte.
Joe, oder, wie er sich nun selbst nannte – Forget, erinnerte sich
nun genau an die Story, die ihm sein Opa damals stets erzählte.*

*Diese Bibel wäre die einzig wahre Bibel. Die drei
Weltreligionen seien daraus entstanden. Und irgendwann seien
dann drei Bücher daraus geworden, da die Menschen sich
damals bereits uneinig waren, was denn nun die wahre heilige
Schrift sei – der Koran, die christliche Bibel oder die jüdische
Tora. Bis dahin waren die Forscher ja größtenteils davon
ausgegangen, dass die Tora das älteste Buch sei! *)*

*Jede Menschengruppe hatte dann je ihre eigene
Interpretation daraus gemacht. Aber diese alte Schrift sei viel
älter als die drei anderen und es gäbe auch nur dieses einzige
Exemplar. Im Krieg sei dieses Buch verloren gegangen.*
*das ist auch so!)

„Wir werden mit unserem Gast gemeinsam essen, und dann
werden wir uns gegenseitig unterhalten... über Dinge, die uns
wichtig sind, und über Dinge, die unser Gast für wichtig hält!"

Natürlich merkte ich sofort die Anspielung, die die Chefin
von sich gab... meine Fragen erschienen ihnen wohl nicht so
wichtig, wie die Fragen, die sie an mich hatten. Ich dachte mir,
dass sie meine Fragen wohl kennen würden.

Leute mit weißen Overalls servierten einiges an Obst. Viele

Obstsorten waren mir unbekannt, andere erinnerten an Orangen. Bananen waren ganz sicher dabei, und Äpfel! Nun, ich holte aus meinem Lederbeutel, den ich mit einem Gürtel umgeschnallt hatte, eine meiner Pillen. Der Chefin sagte ich, dass das mein Essen sei. Ich drückte auf den roten Diamanten (jedenfalls sah es so aus, war aber sicher auch Plastik, wie so vieles an mir) in der Mitte meiner Brust und eine Schublade fuhr aus mir heraus. Darin legte ich die Tablette und die Schublade schloss sich wieder.

„Oh, viel Genuss hast du aber nicht, Mann von der Erde!"

Und wieder wusste ich nicht, ob der letzte Teil ihres Satzes sarkastisch gemeint war. Sie fühlte sich wohl so, als sei sie einige Etagen über mir. Aber das störte mich nicht weiter. Ich konnte ja froh sein, dass es bisher so gut geklappt hatte. Dass das Volk mir friedlich gesinnt war, und ja, dass es keine Kommunikationsprobleme gab. Doch eigentlich war ich immer noch erstaunt über das Erlebte. Konnte ich immer noch nicht so recht glauben was ich da sah und dachte immer noch, dass ich einen seltsamen Traum träumte.

Und während er, mehr oder weniger, gezwungen war, den anderen beim Essen zuzusehen, überlegte er sich, was er später zur Erde funken sollte. Ob er wirklich sagen sollte, dass er hier das Paradies gefunden hatte, und dass sicherlich Platz für einige Milliarden Menschen wäre, oder ob er das Volk schützen würde und alles für giftig und ungenießbar bezeichnen würde, so, dass die Entscheider der Erde sich einen anderen Planeten suchen mussten. Joe beschloss, erst einmal die Fragen der Leute zu hören. Und vielleicht einige Untersuchungen durchzuführen. Vielleicht waren die Pflanzen wirklich ungesund? Obwohl... die Frage war eigentlich beantwortet, denn alle aßen genüsslich ihr Obst und allen ging es gut dabei. Es schien zu schmecken. Egal, er könnte Wasserproben entnehmen und, mal schauen, was es noch zu untersuchen gab.

„Schade, dass du nicht mit uns gegessen hast!" - sagte die Chefin, mit ihrer sanften Stimme. „Es gehört zu unseren Gepflogenheiten mit unseren Gästen zu essen!"

„Oh, das habe ich doch, liebe Frau" - entgegnete ich - „... nur, dass mein Essen nicht so wohlschmeckend war wie das Eure. Aber dafür kann ich nichts, ehrlich. Gerne würde ich euer Essen essen, aber leider funktioniert das nicht."

„Ich verstehe, ist in Ordnung!" - beschwichtigte sie. „Was möchtest du wissen? - fragte sie.

„Ich habe mich sehr gewundert, dass ihr Menschen seid, und wohl auch von der Erde kommt. Wie kann das sein? Ich wüsste, wenn ein Raumschiff von der Erde weg geflogen wäre!"

„Nun, wir sind schon seit mehr als tausend Jahren hier, und wir benutzen auch keine Raumschiffe zur Fortbewegung. Eigentlich bewegen wir uns gar nicht mehr fort. Wir entschlossen uns irgendwann die Erde zu verlassen. Die meisten Menschen kennen nur Gewalt, Kriege und die Zerstörung der Natur. Die Ausbeutung des Planeten, wegen dem, das ihr Geld nennt. Wir sind aus einem Teil der Erde, den ihr heute Syrien nennt. Dort entstand eine Religion, nach der wir größtenteils heute noch leben. Aber andere Menschen haben uns von dort vertrieben. Einer unser Vorfahren traf auch euren Jesus. Auch er wurde vertrieben und auch er suchte nach einem Platz, wo er in Frieden leben konnte. Doch wie du weißt fand er diesen Platz nicht. Er wurde stattdessen ans Kreuz genagelt und ist gestorben. Unser damaliger Anführer ist dann weitergezogen. Bis er irgendwann auf Pyramiden gestoßen war.

Dort wurde unser Volk das erste mal freundlich empfangen. Man arrangierte sich und beide Völker lebten eine Zeitlang nebeneinander. Wir erkannten die Klugheit der Ägypter... jedenfalls der Pyramidenbauer, und wir nahmen zum Teil ihre Lehren an. Diese Lehren vermischten wir mit unseren Lehren. Jemand aus unseren damaligen Reihen, begann dann ein Buch zu schreiben. Ihr nennt das heute Bibel – nicht die Bibel, wie du sie vielleicht kennst, sondern ein spezieller Teil davon. Aber irgendwann wurde unser friedliebendes Volk erneut attackiert, und wir entschlossen uns, wieder zu unserem Heimatplaneten zurückzukommen! Ja, bevor du fragst – auch wir waren mal wie du! Wir eroberten das Weltall, waren neugierig auf euch Menschen. Wir vermischten uns auch... natürlich. Aus dem, was wir vorher waren, und den Menschen, wurde das, was du jetzt vor dir siehst. Wir haben versucht uns zu integrieren, anzupassen... und wir hatten viel Geduld. Es dauerte Jahrhunderte, bis unser Volk begriff, dass die Menschen sich nicht ändern würden. Dass die Gewalt euch immer regieren würde. Dann sind wir wieder zurück. Und hier bleiben wir!"

Kapitel 13
Die Entscheidung

Joe musste das alles erst einmal verdauen. Und er musste erst überlegen, wie er weiter vorgehen sollte und was er als nächstes fragen sollte.

„Wieso spricht ihr denn englisch?"

„Nun" - antwortete die Frau, die scheinbar als einzige reden durfte oder wollte - „... wir beobachten immer noch, von Zeit zu Zeit, was so auf der Erde passiert. Schließlich ist die Erde – oder besser, ihre Bewohner, ein Teil von uns. Nach einiger Zeit, stellten wir dann fest, dass zu großen Teilen auf der Erde, englisch gesprochen wird. Einige von uns lernten diese Sprache dann auch, wussten wir doch, dass der heutige Tag kommen würde. Es war nur eine Frage der Zeit, wann jemand von euch hier erscheinen würde. Unsere Befürchtung war gar, dass ihr gleich mit tausend Mann kommen würdet, und den Planeten gleich besetzen würdet. Wir sind froh, dass sie erst einen Kundschafter geschickt haben. Das bist du doch wohl, ein Kundschafter, der genau schauen soll, wie die Begebenheiten hier sind. Ja" - sagte sie, bevor ich antworten konnte - „... wir wissen auch um eure Probleme!"

„Oh" - entfuhr es mir - „... ihr wisst warum ich hier bin?"

„Wir wissen alles. Wir hören keinen Funk ab, oder so... nun, wir haben andere Quellen."

„Wir würden es begrüßen, wenn du denen sagst, dass hier nur wilde Tiere leben und alles giftig ist!"

„Bitte lasst mich wenigstens einige Untersuchungen

durchführen" - bat ich.

„Oh, du bist unser Gast, auch für mehrere Tage oder Wochen. Du bist wirklich herzlich willkommen, hier bei uns. Aber wir bitten dich wirklich nur um eines. Bitte lass uns hier in Frieden unser Leben leben. Wenn die Menschen hierher kommen, wird es nicht lange dauern, und sie haben auch diesen wunderbaren Planeten zerstört."

Joe wusste genau, dass diese Frau, deren Namen er noch nicht einmal kannte, recht hatte. Es würde genauso kommen, wie sie gesagt hat. Und eigentlich hatte er seinen Entschluss schon gefasst. Bereits schon, als er im Landeanflug war. Er wusste da sofort, dass er diesen schönen Planeten nicht den Menschen überlassen konnte. Innerhalb weniger Jahre würden Schornsteine mit schwarzem Qualm den schönen Himmel verdunkeln. Die, mit viel Geld, würden die Ersten sein – und genau die würden das Potenzial des Planeten ausloten wollen. Er suchte nur einen Weg, wie er das der Bodenstation glaubhaft klar machen könnte. Bevor er also ging, drehte er sich um und stellte eine Vorletzt letzte Frage:

„Wie heißt du und dein Volk eigentlich?"

„Ich bin Leha, und wir nennen uns Kidiris... die Kinder Iris. Den Ort hier nennen wir Zion – dort soll Friede sein. Daher haben wir hier den Tempel errichtet. Und rund um den Planeten leben etwa eine Milliarde von uns. Der Planet hat genügend Platz, aber wir wollen im Einklang mit der Natur leben und wenn wir nicht unsere Meere leer fischen wollen und nicht überall Getreide anpflanzen wollen, dann darf sich die Bevölkerung auch nicht wesentlich verändern. Bitte bedenke das!"

„Ich habe mich bereits entschieden und muss euch leider

Recht geben. Ich werde denen sagen, dass dieser Planet
unbewohnbar ist. Ich muss aber nach Beweisen suchen, und es
denen senden! Und, wenn es nicht zu viel verlangt ist, ich
würde diese Reise nicht gern umsonst gemacht haben.
Vielleicht könnt ihr mir sagen, was ich denen zur Verbesserung
auf der Erde senden kann!"

„Wir werden dir einen der besten Ratschläge mitgeben, die
du dir vorstellen kannst. Aber eines nach dem anderen. Bitte
übermittle denen erst die Nachricht, dass der Planet nicht
geeignet ist, um darauf zu leben."

Ich nickte nur.

„Ka wird dich begleiten. Er wird dir zeigen wo das Wasser
schlecht ist und welche Pflanzen giftig sind. Und vielleicht
trifft ihr auch auf ein paar gefährliche Tiere. Ka kennt sich aus
und kann dir helfen."

*Und so verließen Ka und Forget, beziehungsweise Joe, den
Tempel oder was es war. Zuerst mussten sie zum Raumschiff,
wo Forget's Messmittel waren. Dann führte Ka Joe an Stellen
am Wasser, die voller ungesunder Bakterien war, er zeigte ihm
Pflanzen die bereits bei Berührung hochgiftig waren. Und er
zeigte ihm Würmer die innerhalb weniger Minuten, ein Tier, so
groß wie ein Hund, bis auf die Knochen abgenagt hatten. Joe
hatte das gefilmt. Das und die Daten von den Pflanzen und
dem Wasser sendete Joe. Und er sagte dabei, dass nicht nur
das Umfeld schlecht sei, sondern auch das weitere Umland.
Aber Joe gab nicht auf. Er wollte auch Dinge haben die für die
Erde gut wären. Und Ka zeigte ihm widerstandsfähige Bäume
und Sträucher. Auch davon durfte Joe sich Ableger und Proben
abmachen. Joe war raffiniert genug, Analysen zu machen, die
er nicht sendete, stattdessen schrieb er alles auf einen Zettel,
den Ka ihm gegeben hatte, auf. Im Moment wusste er nicht, ob*

er die Daten jemals verwenden könnte. Da war aber der
Forscher in ihm. Untersuchen und die Daten speichern.

Auf dem Weg zurück blieb ich wieder an dem Wasserfall
stehen und ich dachte an die Zeit zurück. Zweimal schon hatte
ich so, oder so ähnlich, am Rand des Wassers gestanden –
beziehungsweise vor der ersten Rakete. Auch damals gingen
mir Gedanken durch den Kopf, ob meine Entscheidungen
richtig und gut waren. Wie immer empfand ich meine
Entscheidung für gut. Was mich störte war, dass ich nicht mehr
zurückkonnte. Obwohl, hier war es schön, die Menschen
freundlich, und wer wusste, wie lange meine Akkus noch
reichen würden? Was gab es also besseres, als sich auf diesem
tollen Planeten zur Ruhe zu setzen – in Rente zu gehen. Ich
wagte zu behaupten, dass ich mir das verdient hatte. Außer
denen, wenn es auf der Erde noch welche gab... die wussten,
was ich tat, würde niemand mir meine Erlebnisse glauben.
Selbst Opa hätte mich vielleicht für verrückt erklärt! So
unglaublich war das alles! Ka fragte mich dann irgendwann, ob
wir zurück könnten. Er hätte Hunger (schon wieder? -
scheinbar machte das Obst nicht lange satt). Also gingen wir
zurück, wo die Anderen bereits auf uns warteten.
  „Na, Joe" - fragte mich die Chefin - „... wie hast du
entschieden?"
  „Ich weiß, dass du recht hast, und, um ehrlich zu sein, ich
hatte mich bereits im Landeanflug entschieden. Auch ich
wusste zu dem Zeitpunkt schon, dass ich den Menschen diesen
schönen Planeten unmöglich überlassen kann. Wie gesagt, du
hast recht und ich sehe das ebenso! Ich habe also, mit Ka´s
Hilfe, verseuchtes Wasser und giftige Pflanzen untersucht und
die Daten zur Erde gesandt. Und darüber hinaus ein Video
dieser fiesen Würmer, die Fleisch fressen!"

„Na toll" - lachte Leha - „... diese Würmer gibt es eigentlich nur an einem Ort. Wir kontrollieren ihren Bestand. Wenn es zu viele werden, müssen wir leider eingreifen. Das machen wir nicht gerne, aber die Viecher sind wirklich gefährlich. Okay, und wie geht es nun mit dir weiter?"

„Nun, ich hoffe auf eure Gastfreundlichkeit! Denn zurück kann ich leider nicht!"

„Oh, damit haben wir nun nicht gerechnet. Wir dachten, du reist nun wieder ab. Aber – natürlich bleibst du dann unser Gast. Wir werden für dich sorgen!"

„Das braucht ihr nicht. Ich bin 200 Jahre alleine gewesen. Ich werde mit meinen Pillen noch einige Zeit überleben können. Die Raumfahrtbehörde gibt immer mehr Essen mit, wie geplant. Ich weiß nur nicht, wie lange mein Akku noch hält. Wir haben nie darüber geredet, wie ich mal Ende. Wahrscheinlich bleibe ich irgendwann einfach stehen und meine Lichter gehen aus. Wundert euch also nicht!"

„Möchtest du wieder heim?" - fragte mich Ka, und Leha schaute ihn etwas angesäuert von der Seite her an, wohl, weil er sich ungefragt eingemischt hatte.

Doch dann schaute Leha mich sanft an und sagte - „Ja, wenn das dein Wunsch ist, wir können dich, unter gewissen Umständen, zur Erde zurückschicken."

„Aha – und was wären eure Voraussetzungen?"

„Nun, das hört sich erst kompliziert an, ist es aber nicht. Wir würden dich zur Erde senden, wenn ich mal so sagen darf, aber in eine Zeit, als du noch nicht Astronaut warst. Du würdest dich also an nichts erinnern... nun, es wäre für dich so, als ob du nie hier gewesen wärst!"

„Ich verstehe. Bei uns auf der Erde nennt man das das Großvaterparadoxon. Wenn ich ein Mörder wäre und würde in der Zeit zurückreisen... würde da auf meinen Opa stoßen und ihn töten, dann würde ich nie existieren, weil er meinen Papa noch nicht gezeugt hat – das meint ihr doch!"

„Ja, das kommt darauf hinaus. Der Sinn für uns ist klar. Würden wir dich einfach so zurückschicken, dann würde es passieren – ob beabsichtigt oder nicht, dass du uns verraten würdest. Wenn du aber keine Ahnung hast, was du hier erlebt hast, weil du natürlich keine Erinnerung an all das hier hast, nun, dann kannst du auch nichts verraten. Mag sein, dass die, die dich zu uns geschickt haben, dann erneut irgendwann jemand vorbei schicken... mal sehen, wie es dann läuft? Das wissen wir jetzt natürlich auch nicht. Aber wenn es so ist, hoffen wir, dass er so ist wie du, und wir ihn nicht den Würmern zum Fraß vorwerfen müssen!"

„Das würdet ihr sicher nicht tun!"

„Nein, würden wir nicht" - lächelte Leha. „Überlege dir also, in welche Zeit du möchtest, und wir werden deinem Wunsch folge leisten!"

„Lasst mir einen Moment Zeit!"

„Lass dir alle Zeit der Welt" - sagte Leha mit ihrer sanften Stimme.

Und Forget ließ seine neuen Freunde allein, um nachzudenken. Es dämmerte nun und er wusste nicht, wie schnell hier die Sonne unterging und es dunkel werden würde. Also ging er nicht, was er gerne gewollt hätte, zum Wasserfall. Da diese Brücken recht schmal waren und auch noch ziemlich dunkel. Da hätte es schnell passieren können, dass er ins Wasser fällt. Das hätten seine Schaltkreise vielleicht nicht überlebt... er wäre dann der erste Mensch gewesen, der an einem inneren Kurzschluss verstarb... darüber musste er kurz lächeln. Aber dann überlegte er, um was Leha ihn gebeten hatte. Erst kam er zu keinem vernünftigen Gedanken, bis ihm plötzlich sein Vater *in Erinnerung kam. Forget dachte an den Abend zurück, als sein Papa ihn angefleht hatte, lieber Botaniker zu werden und die Erde zu retten. Er dachte an den Zettel, den er heute Mittag aufgeschrieben hatte. Ja, er würde sich nicht mehr erinnern, wo er die Daten her hatte (es wäre ja so, als ob er nie hier gewesen wäre... er wäre ja nie Astronaut geworden). Aber diese Bäume die viel mehr Sauerstoff abgaben und CO_2 umwandelten, konnten tatsächlich dazu beitragen die Luft der Erde zu verbessern. Sicherlich würde das alleine nicht ausreichen. Es würde mehr brauchen als nur diese eine Maßnahme. Alleine würde er sowieso die Welt nicht retten können. Aber, kommt Zeit kommt Rat, sagt man. Wenn noch einige positive Dinge hinzukommen, von anderen Forschern, dann könnte man gegebenenfalls das Ruder herumreißen.*

Wie ich befürchtet hatte, ging die Sonne recht schnell unter. Hinter diesen wunderbaren Bergen färbte sich der Himmel ähnlich rot, wie auf der Erde. Die Dunkelheit brach ein. Aber zum Glück hatten meine neuen (nun 200 Jahre alten...) Augen weniger ein Problem damit. Dennoch machte ich mich auf den Weg zurück. Ich wollte ja, wie die letzten beiden Male, alle Kraft und alle Gedanken bündeln, sodass ich auch für meine letzte Mission – die Heimreise, nicht nur klar im Kopf war, sondern... dass ich auch alles richtig machen würde. Ich dachte also unterwegs über alles nach. Sodass ich das richtige sagen und tun würde. Obwohl... wie sollte ich mich dieses Mal vorbereiten? Es würde ja nichts geben, was ich zu erzählen hatte. Ich käme ja in eine Zeit zurück, in der ich kein Astronaut war... plötzlich musste ich mir also überlegen, wann genau dieser Tag war. Oder besser – der Abend, wo ich mit meinem kleinen Teleskop auf unserer Wiese stand, und Papa mich überreden wollte Botaniker zu werden. Die Frage, die sich mir stelle, war – aus welchem Grund sollte ich mich dieses Mal anders entscheiden? Ich müsste mir eine Art Eselsbrücke bauen, so, dass meine Entscheidung in eine andere Richtung gehen würde. Aber wie sollte ich das anstellen, wenn ich nicht einmal eine Erinnerung hatte... dass ich je auf diesem Planeten war? Ich blieb also kurz stehen und schloss die Augen. Erst fiel mir der betreffende Monat mit Vater ein. Es war im Mai. Der Tag wollte mir nicht einfallen, aber ich brauchte denen nur Anfang Mai zu nennen – doch, fiel mir ein, es war der Zwölfte! Und das Jahr? Das war klar, es war vor dem Astronautenstudium. Diese Daten würde ich später also schon mal weitergeben können. Das wäre dann der Zeitpunkt, wo ich wieder auf der Erde ankommen würde. Vielleicht, überlegte ich mir, wäre ein noch früherer Zeitpunkt gut. Aber, ich wollte erwachsen sein und kein Kind – und, ich wollte tun, was mir Vater damals geraten hatte. Die Daten, die ich hier auf dem Planeten gesammelt hatte, würden mir dann auf der Erde weiterhelfen. Und schon hatte ich den zweiten Teil meiner Eselsbrücke! Wie sollte ich mich daran erinnern, wenn es ja keine Erinnerung gab – weil ich ja nie hier war? Ja, das war schon verwirrend! Ich beschloss also noch weitere Daten, die mir weiterhelfen würden, zu sammeln. Ich musste nur einen Weg finden, dass ich die Daten später wieder finden würde. Das Finden, fiel mir ein, war weniger das Problem... die Frage war eher, wie konnte ich die Daten verwenden, ohne diesen Planeten in Verbindung zu bringen? Dann fiel es mir ein! Ich würde als erstes einen großen Zettel anfangen. <u>Überschrift</u>: **Den Geistesblitz, den ich heute Nacht im Schlaf hatte...** und dann würde ich die Daten aufzählen. Es wäre für mich selbst eine plausible Erklärung. Den Zeitpunkt hatte ich ja auch. Es war also alles soweit geregelt. Ich hatte zwar keine Ahnung, wie sie mich in die Zeit zurück schicken wollten... laut Einstein ging eine Zeitreise nur in die Zukunft, aber ich vertraute den lieben Leuten hier.

Plötzlich wurde Joe ganz warm ums Herz. Ihm wurde bewusst, dass er nun sein Kind aufwachsen sehen würde. Dass er mit seiner geliebten Frau alt werden würde, und dass er – hoffentlich als alter Mann, irgendwann sterben würde, mit dem Gedanken, dass er mitgeholfen hatte, die Welt zu retten. Das war in der Tat besser, sinnierte er, als einen weiteren Planeten zu ruinieren. Dass das passieren würde, war so klar, wie der Gebirgsbach hier. Zufrieden lief Joe also weiter zurück. Er wusste nun, dass er das Richtige gemacht hatte. Mit den Proben, die er heute Mittag mit dem Messgerät versandt hatte, würde kein Erdling wieder auf die Idee kommen, jemanden hierher zuschicken. Wenn er noch einen Mund gehabt hätte, hätte dieser Gedanke ihm ein Lächeln gezaubert. Und so teilte er seinen neuen Freunden mit, was er vorhatte. Sie nahmen alles dankend an. Und Joe ging, wie alle anderen in die Ruhephase.

Am nächsten Morgen

Ich brauchte ja nur wenig Schlaf. So geisterte ich, so leise ich nur konnte, durch die Flure und Zimmer und ging in Gedanken wieder alles durch. Ich schaffte dies tatsächlich ohne jemanden zu wecken. Das Seltsame für mich war, dass ich mich unter Meinesgleichen befand. Wie Menschen, die sich in Notsituationen gegenseitig helfen, und eine gewisse Verbundenheit spüren, so hatte auch ich den Gedanken, dass ich diese Menschen hier, seit ewigen Zeiten kennen würde. Alles war so vertraut. Der Planet selbst, und die Menschen, die nicht nur ähnlich aussahen wie ich (einmal) – sondern auch so sprachen und dachten. Ja, sie waren quasi meine Vorfahren. Allein dieser Gedanke war verwirrend. Sie durchquerten damals die Wüste... zusammen mit Jesus! - war das zu fassen? Sie kannten somit mehr als nur unsere Kultur – sie waren Teil dieser Kultur! Sie wussten alles. Kannten selbst unsere Religionen... oder waren vielleicht sogar ein Teil davon. Ach wie gerne wäre ich noch hier und würde alles studieren. Aber seit etwa einer Stunde leuchtete die letzte der drei LED´s meines Akkus rot. Ich würde nur noch Stunden haben, vielleicht noch ein, zwei Tage. Ich wusste es nicht, und beschloss daher, Leha darum zu bitten, mich morgen Mittag heimzuschicken. Morgens würde ich (mit Ka´s Hilfe?) noch letzte Untersuchungen durchführen und meinen Zettel schreiben, den ich in meinen Lederbeutel stecken würde. Ich selbst wäre, bei meiner Ankunft auf der Erde, ja wieder ein normaler Mann. Ich konnte den Zettel also in keine Schublade stecken... oder zwischen die Zehen klemmen. So ging ich, ein letztes Mal zu dem Wasserfall. Dieses Mal, um mich von dem Planeten, seiner Bewohner – und dem unfassbaren Anblick, zu verabschieden! Die Morgenröte tauchte alles in ein seltsames Licht.

Als Leha und die anderen wach waren, zeigte ich ihnen meinen Akkustand. Sie verstanden und bedauerten, dass meine Zeit hier so ruckartig enden würde. Leha gab mir wieder Ka an die Seite, sodass ich meine letzten Untersuchungen durchführen konnte.

„Und wenn du zurückkommst, habe ich noch die eine oder andere Überraschung für dich. Ka wird dich zu unserem Tempel führen. Dort wirst du dann alles weitere erfahren."

„Okay" - sagte ich und fügte hinzu - „... ich bedanke mich außerordentlich bei dir und deinem Volk. Ihr habt mich geistig auf die nächsthöhere Stufe gestellt. Ich habe viel gelernt. Mit

95

Bescheidenheit glücklich zu werden, das ist eine Kunst. Außerdem erfuhr ich, dass Stärke ohne Gewalt funktionieren kann. Ihr seid großartige Menschen, von denen sich auf der Erde so manch einer eine Scheibe abschneiden könnte."

„Danke, das ehrt uns!"

„Ja, und das meine ich absolut ernst!"

Ka kam wieder zu mir und lächelte mich an. Scheinbar hatte ich noch einen Freund gefunden. Wir verließen die Anderen wieder und wir gingen auf die große Wiese. Ka führte mich an eine Stelle, wo eine riesige Pflanze stand. Die Blätter dieser Pflanze waren sehr dick. Die Pflanze erinnerte eher an einen Kaktus. Aloe Vera, oder so. In der Mitte dieser Mannshohen Pflanze, war ein Stab – eher schon ein Ast, an deren oberen Ende eine kelchartige Blüte war. Diese Blüte wurde von einer Art Insekt um-schwirrt, die wohl auch den Nektar tranken (oder aßen). Ka teilte mir mit, dass die Blätter dieser Pflanze essbar wären.

„Man kann sie in gleichgroße Teile schneiden und braten. Sie schmecken köstlich. Durch diese Pflanzen wurden wir alle Vegetarier. Und sie wachsen wie Unkraut. Ich gebe dir Samen mit. Auf der Erde kannst du dann sagen, dass du eine unbekannte Pflanze gezüchtet oder gefunden hast! Sie wachsen auf jedem Boden und brauchen nur genügend Wasser."

„Oh, ich danke dir! Ich habe mir tatsächlich überlegt" - teilte ich Ka mit - „... mir Notizen zu machen. Ich werde es so machen, als ob ich Nachts einen Traum gehabt hätte, und mir alles aufgeschrieben hätte. So wird es keinen Bezug zu euch geben. Es wird so aussehen, als ob mir alles in den Schoß gefallen wäre. Ich habe bereits einen Zettel, hier in meinem Beutel" - sagte ich, und zeigte Ka meinen Lederbeutel. „Die Samen werde ich dann auch dort finden. Ich werde nicht wissen, wo ich sie herhabe, aber ich werde sie einpflanzen.

Vielleicht" - fiel mir dann ein - „... kann ich ja eine Notiz auf meinen Zettel machen... ach, ich werde schon herausfinden, dass man die Blätter essen kann! Oder sind Teile der Pflanze ungenießbar?"

„Nein, auch die Samen sind essbar!" - versicherte Ka. Und er streckte sich, um an den Kelch zu kommen. Dort entnahm er einige dieser Samen, wobei er aufpassen musste, dass diese Insekten ihn nicht stachen oder bissen. Sie sahen eher wie Hausmücken aus, nur größer... mit Bienen hatten sie also nichts zu tun, aber ihre Funktion war sicherlich die selbe – bestäuben! Dann gab Ka mir eine Handvoll dieser braunen Samen, die an Haselnüsse erinnerten. Dankend nahm ich sie an und steckte sie in meinen Beutel. Bevor wir gingen schaute ich wieder auf meinen schlauen Zettel. Ich war mit der „Ausbeute" zufrieden.

Der Gedankenblitz...

Und nun fiel mir ein, was ich die ganze Zeit vergessen hatte – ich erschrak sogar! Mein zusätzlicher Chip im Gehirn! Ich würde mich an alles erinnern! Doch ich ließ mir nichts anmerken, und ich würde die Sache mit dem Chip für mich behalten! Die Angst, die Leha aussprach, war zwar verständlich, doch unbegründet. Ich würde ihr Geheimnis mit ins Grab nehmen!

„Gehen wir?" - fragte Ka mich und unterbrach somit meine Gedanken.

Kapitel 14
Joe´s mystische Heimreise

Ka ging also vor. Wir gingen dieses Mal einen anderen Weg. An dem Haus, dass ich für einen Tempel hielt (was es wohl nicht war), liefen wir vorbei und nahmen die Brücke, die dahinter lag. Besorgt schaute ich auf die LED, die nun in einem schnelleren Rhythmus blinkte. Viel Zeit blieb mir nicht mehr! Ich hoffte gar, dass ich es noch rechtzeitig schaffen würde. Ich hasste es, da ich verpasst hatte, mit der Bodenstation über meinen Akku zu reden. Ich wusste nicht, ob mir noch Stunden oder nur Minuten blieben. Ich kam mir in dem Moment unglaublich dumm vor. Denn ich freute mich darauf – heimzukommen, und meine Frau und mein Kind zu umarmen... doch – wenn nun mein Akku schlapp machte, nun, dann war es eben zu spät. Und das Retten der Erde würde wohl nicht funktionieren! Ansonsten, beschloss ich in dem Moment, würde ich bei meinem Plan bleiben. Auf der Erde würde ich meinen Zettel herausnehmen und mich dumm stellen.

Nun aber hatte ich das Gefühl, dass ich noch rechtzeitig ankommen würde, da Ka mir prophezeite, dass wir in fünf Minuten ankommen würden. Gott sei Dank!

Die Pyramide, also ihr Tempel, war gigantisch. Leha wartete dort bereits auf mich. Ka ließ uns alleine. Ich schätzte die Pyramide ebenso hoch wie die in Gizeh. Also etwa 145 Meter. Doch der Eingang war wieder komplett anders. Vier eher griechisch anmutende Säulen, die rechts und links angebracht waren, bildeten – einen überdachten Weg zur hohen Tür, die aus dickem, dunklem Holz war. Leha öffnete die Doppeltür mit einer Art altertümlichen, schwarzen Eisenschlüssel, der so groß war, dass er weit aus ihrer Hand ragte. Sie musste sich auch etwas strecken, da das Schloss recht hoch angebracht war. Und ich fragte mich, welcher „Riese" wohl hier wohnte. Ich wollte sie aber nicht aufhalten, und keine weiteren Fragen mehr stellen... ich hatte Angst sie mit weiteren Fragen nur aufzuhalten. Ich wollte die „Reise", wie immer sie auch aussah, noch erleben, sonst wäre alles umsonst gewesen.

Ich vermutete, nachdem die Türen geöffnet waren, einen dunklen, langen Flur, wo höchstens ein paar Fackeln ein spärliches Licht spendeten. Stattdessen kamen wir in einen hellen Raum, dessen Decke sehr hoch war. Das Seltsame – ich sah nirgends eine Lampe! Wo also kam das Licht her? - denn Fenster hatte die Pyramide natürlich nicht. Ein runder Bogen führte uns in die nächste Halle, die ebenso hell war.

Leha blieb unvermittelt stehen, sodass ich ihr beinahe in die Hacken gelaufen wäre. „Du wirst gleich, wenn wir in die Haupthalle kommen, etwas sehen und hören, das du nicht glauben kannst oder wirst. Erschrick also nicht! Vertraue mir! Es wird dir nichts geschehen! Hab keine Angst. Ich hätte welche, wenn ich das Wesen, das ich dir gleich vorstelle, das erste Mal sehen würde. Das Wesen ist uralt. Es ist sehr mit Gott verbunden und schützt alle die, die ehrlich sind und das Gute wollen. Ich habe Seraphim, so sein Name, bereits über dich informiert. Seraphim weiß, was er tun soll. Er wusste aber bereits alles! Er hat zugestimmt. Es wird also jetzt schnell gehen! Für uns beide ist es also an der Zeit auf Wiedersehen zu sagen... oder Adieu. Seraphim ist ein Engel! Er wird keine Fragen stellen. Er wird dich mit seinen Flügeln umarmen und dann ist es auch schon vorbei. Es wird kurz sehr hell. Ich rate dir also die Augen zu schließen. Wenn du wieder deine Augen öffnest, wirst du an dem Platz stehen, den du mir nennst, zu dem Zeitpunkt, den du mir nun sagst. Ich bin in Gedanken, solange ich hier im Tempel bin, mit dem Engel verbunden. Du brauchst nichts zu sagen. Ich werde ihm in Gedanken alles übermitteln. Hast du das verstanden?"

„Ja, aber du – oder ihr – überrascht mich immer wieder. Wenn mir nicht die Zeit weglaufen würde, würde ich so gerne alles untersuchen und lernen."

„Oh, du kannst noch lernen. Ich sagte dir doch, dass ich noch eine Überraschung für dich hätte" - und dabei drückte sie mir einen Zettel in die Hand. „Auf diesem Blatt stehen die Koordinaten, wo du eine verlorengegangene Bibel finden wirst. Darin stehen viele Antworten, die euch auf der Erde weiterhelfen können."

Ich bedankte und verabschiedete mich indem ich sie umarmte. Gefühlt waren das Minuten. Ich nannte ihr noch schnell, die Daten, die sie (oder ich) brauchte.

Leha löste sich mit den Worten - „Du musst los, dir bleibt nicht mehr viel Zeit!"

Ich schaute auf meine Akku-Anzeige herab, die Lampe blinkte nur noch langsam! Ich steckte den Zettel von Leha in meinen Beutel. Dann nickte ich Leha zu und lief durch das letzte Tor. Was ich dort sah ließ mein altes Herz um einiges höher schlagen!

Zeichnung:
Friedrich
Schmidt (Kreide)

Ich sah ein sehr großes Wesen mit drei Flügelpaaren – also sechs Flügel! Das Wesen schien aus Licht zu bestehen. Tatsächlich war er (sie oder es?), durch seine schiere Größe, angsteinflößend. Wie Leha es sagte, hörte ich auch seine Stimme – obwohl der Engel nichts sagte. Was ich aber hörte war eine Art brummen – so, als ob er mich willkommen heißen würde. Es war laut und dennoch nicht unangenehm, aber geisterhaft. Dann öffnete er seine Flügel und es wurde noch heller. Der sowieso schon helle Raum wurde noch viel heller, sodass ich die, wirklich sehr hohe Decke, sehen konnte. Ich sah hellrote, schwer anmutende Mauersteine, die an geschliffenen Sandstein Erinnerten und kegelförmig spitz zuliefen. Was wieder die Ähnlichkeit zu den Pyramiden auf der Erde verdeutlichte. Wie gerne hätte ich den Zusammenhang verstanden! Wieso lebte ein (wohl christliches... oder jüdisches?) Lebewesen (oder Gottähnliches Lebewesen?) in einer Pyramide? Und wieso nannte sich das Volk nach einer ägyptischen Gottheit... also nach einer eher nicht christlichen Gemeinschaft? Ich hegte in dieser Sekunde (alles kam mir so furchtbar schnell vor – und dennoch wie in Zeitlupe!) - die Hoffnung, dass ich Antworten in dieser mysteriösen Bibel finden würde!

Ich trat einen Schritt vor und schloss die Augen. Dann spürte ich, wie seine Flügel mich umspannten. Als ich die Augen wieder öffnete, stand ich auf der Wiese neben meinem Teleskop und Vater kam auf mich zu. Der einzige Unterschied zu damals... ich hatte einen Lederbeutel seitlich um meine rechte Schulter umgeschnallt. Im ersten Moment fragte ich mich, was das war – bis sich scheinbar mein Chip im Gehirn einschaltete. Ich erinnerte mich an alles! Es war unglaublich, und ich fühlte mich etwas als Verräter, Leha und ihrem Volk gegenüber. Aber ich schwor mir selbst in diesem Moment eiserne Verschwiegenheit.

Dann ging es genauso unglaublich weiter, wie die Momente, die ich Sekunden zuvor noch auf dem Planeten erlebt hatte. Papa kam mir entgegen! Und er sagte die selben Worte die er mir damals gesagt hatte. Das war für mich natürlich unheimlich verwirrend, lag dieser Tag doch acht Jahre vor dem Start zu Proxima Centauri... und zweihundert Jahre, nach meiner Heimreise a la Engel! Bei uns Menschen ist ja im Gehirn verankert, dass jede Reise etwas Dauert... normalerweise schaut man aus dem Fenster des Autos oder Zugs, und sieht die Landschaft vorbeifliegen. Und es dauert eben immer – je nach Weite der Reise. Aber, dass man wieder an einem anderen Ort ist – nachdem man nur die Augen wieder geöffnet hat... das hätte ich nicht erwartet. Als der Seraphim mich umarmte, hatte ich gedacht, dass ich die Sterne vorbeirasen sehen würde. Aber dass ich wieder am selben Ort war wie 208 Jahre zuvor – ohne Zeitverlust. Das war umwerfend, selbst für mich. Und schier unglaublich – aber das galt ja für die komplette Reise!

Es war also kaum verwunderlich, dass ich erst alle Gedanken zusammennehmen musste, bevor ich antwortete.

„Papa" - antwortete ich zaghaft - „... ich glaube du hast Recht. Wenn ich auch noch so gerne Astronaut werden würde, du weißt, das war immer mein Traum, so habe ich mir nun doch überlegt, dass es vielleicht wirklich mehr Sinn machen könnte, hier auf der Erde alles zu richten!"

„Du machst deinen alten Vater richtig glücklich, Junge!" - antwortete er und verließ mich wieder.

Und ich schaute in meinen Beutel... noch alles da! Und ich schaute an mir herab. Alles wie früher – unglaublich!

Kapitel 15
Opa und die Bibel

Mai 2029 – kurz vor Opas 89. Geburtstag

Nachdem Vater weg war und ich wieder alleine auf der Wiese stand, schaute ich erneut in den Beutel. Das heißt, ich wollte es tun, doch mitten in der Bewegung hielt ich inne. Erst schaute ich an mir herab. Ich hatte, erinnerte ich mich, die selbe Kleidung an, wie damals. Ich schaute auf meine Hände und meine Füße. Ich war wieder ein Mann. Dann erinnerte ich mich zurück, zu dem Moment – kurz nach der Landung, auf dem Planeten. Ich erinnerte mich daran, als ich dort in das tiefe, klare Wasser schaute, und sich dort mein Robotergesicht im Wasser spiegelte. Es war wirklich nur schwer zu fassen, dass ich eigentlich über zweihundert Jahre alt war... auf einem fremden Planeten war... dort ein anderes Volk kennenlernte, die aber eigentlich von der Erde kamen; mehr noch – deren Vorfahren kannten Jesus! Und nun war ich wieder hier, acht Jahre jünger, und ich würde kein Astronaut werden, obwohl das zu diesem Zeitpunkt eigentlich mein größter Wunsch war. Stattdessen war ich wieder ein gesunder Mann – hier auf der Erde, dank diesem Engel.

Meine Frau Conny hatte mir vor kurzem mitgeteilt, dass sie schwanger sei. (Ich wusste natürlich schon, dass es ein Mädchen werden würde, und hatte nun auch einen Namen... schließlich war nun Mai...). Jedenfalls hatte ich jetzt die große Chance etwas gegen den Klimawandel zu unternehmen, sodass die Menschheit noch einige Zeit auf der Erde bleiben könnte. Darüber hinaus fiel mir Torvi ein. Sie würde nun nicht dieses grandiose Raumfahrzeug konstruieren, aber sie würde leben und nicht in der Zukunft diesen dummen Unfall haben. Alle würden leben – all die, die ich später noch kennenlernen würde. Auch Mai würde wohl nicht von einem Blitz getroffen werden.

Obwohl... da ich ja nun kein Astronaut werden würde, würde ich nie Ben und Karl kennenlernen. Aber ein anderes Mitglied aus der Crew würde meinen Platz einnehmen. Ich musste lächeln, als ich dann dachte, dass die Mission (die ja sicher stattfinden würde... in ein paar Jahren...) - dass sie nun erfolgreich abgeschlossen werden würde – ohne mich! Ich würde es dann nur am TV verfolgen. Denn die Geschichte wurde ja nicht grundlegend geändert, nur weil ich wieder hier war. Nein, die Probleme bestanden. Nur jetzt waren vielleicht Mittel in meinem Beutel, die etwas mehr Chancen boten, als zuvor. Bevor ich dann in dem Beutel kramte, um die Zettel herauszunehmen, dachte ich noch daran, dass diese Bibel ja angeblich so viele Antworteten liefern sollte. (Quasi) Opas Bibel... er hatte mir davon erzählt, die war es wohl. Wenn das alles so stimmt, dass diese Bibel so wichtig ist, dann würde er – Opas Bibel, dazu beitragen, dass bald die Welt wieder lebenswerter werden würde.

Das war auch dann der Moment, wo ich wusste, mit was ich anfangen soll. Das war mir nämlich bis dahin gar nicht so klar! Ich würde mit Opa nach Deutschland reisen und dort nach der Bibel suchen. Opa würde sich riesig freuen. Ich wusste selbst nicht, was passieren würde, wenn wir sie finden. Aber ich vertraute Leha. Wenn sie sagt, dass dort Antworten zu finden sind, dann ist das so. Als erstes nahm ich mir also den Zettel mit den Koordinaten hervor.

49 ° 14´24.72 N

6 ° 59´48.84 E

stand da zu lesen.

Und Joe nahm sich vor später auf einer Karte zu schauen, um welchen Ort es sich dabei handelte. Und er überlegte sich, wie er seinen Opa dazu bringen könnte, dorthin zu fliegen. Schließlich war er nicht mehr der Jüngste. Und – es würde auch eine Menge Geld kosten. Er müsste also auch für Conny eine passende Erklärung finden. Sie wäre schließlich nicht so glücklich über sein Vorhaben. Einmal wegen dem Geld, zum anderen, weil sie schwanger war. Doch – wie damals, als sein Vater ihn nicht davon abbringen konnte Astronaut zu werden, so war auch dieses Vorhaben eine Sache, die nun nicht mehr aus seinem Gehirn zu radieren war. Er würde Mittel und Wege finden die Bibel zu finden – mit seinem Opa, wenn möglich! Schließlich stand zu viel auf dem Spiel. Nicht mehr oder weniger, wie die Zukunft der Menschheit. Ja, die Last war groß. Dessen war sich Joe bewusst, aber – er hatte schon einmal so eine große Aufgabe zugewiesen bekommen, als sie ihn zu dem Planeten schickten. Diese Aufgabe hatte er auch angenommen. Damals stand er vor einer Rakete und am Atlantik und sammelte Kräfte und ordnete seine Gedanken. Das würde er dieses Mal genauso tun – wie er es auch auf dem Planeten getan hatte. Das war sein Ding – das half ihm weiter.

So geschah es dann...

Wie erwartet hatte sich Opa sehr gefreut. Er war froh, seine alte Heimat wiederzusehen. Den Ort, wo er geboren wurde. Dass er die Bibel wieder in Händen halten würde bezweifelte er, das hatte er mir gesagt. Aber die Hoffnung war natürlich groß. Er brauchte seiner Frau keine Erklärung mehr zu geben. Sie war seit einem Jahr tot. Ich hatte Conny gesagt, dass ich Opa seinen letzten großen Wunsch erfüllen wollte. Und das Geld war das, was ich eigentlich für das Astronautenstudium verwenden wollte. Sie war nicht glücklich über unser Vorhaben, als sie jedoch in Opas glückliches Gesicht sah, war sie versöhnt und sie wünschte uns eine gute Reise und viel Glück.

Nun saßen wir jedenfalls im Jet und würden in etwa vier Stunden in Frankfurt landen. Dort würde ich einen Leihwagen nehmen. Es waren von Frankfurt bis zu Opas Geburtsstadt nur etwa zweihundert Kilometer. Wir wären also, nach der Landung, etwa zwei Stunden später dort im Hotel, das ich gebucht hatte. Tags drauf würden wir uns auf die Suche machen. Die Bibel... ich konnte es selbst kaum glauben, dass wir sie finden würden – und wenn, was darin so Wichtiges stand! Somit war es schon ein Wagnis, sich auf diese Reise zu machen, aber das war die Reise zum Planeten auch. Und die war ja, vom Prinzip her, auch erfolgreich. Jedenfalls im gewissen Sinne. Letztlich war es meine Entscheidung, was daraus entstanden war. Und das war gut! Dieser Planet würde jedenfalls verschont bleiben. Was aus der Erde werden würde lag an dieser Bibel – oder besser, was darin stand... an mir und noch ein paar anderen, die sich noch finden mussten. Andere Forscher und Politiker, die die Macht hatten, das Ruder umzureißen. Geld würde sicher auch eine Rolle spielen, aber im Moment lag das alles noch zu weit in der Zukunft.

Opa schlief den halben Flug über. Nun wurde er aber wach. Das freute mich, brauchte ich ihn doch nicht zu wecken. Denn tatsächlich befanden wir uns im Landeanflug. Ich selbst war, entgegen meiner Erwartung, nicht müde. Im Gegenteil. Ich war fit wie lange nicht mehr. Das Motorengeräusch änderte sich, als der Pilot die Motoren drosselte, und wir vernahmen das typische Summen, das dann immer zu hören ist. Da wir über den Tragflächen saßen, konnte ich, vom Fenster aus, auch sehen, dass die Drosselklappen hochgingen, und das Flugzeug neigte sich zur Seite. Wir flogen also nach links und gleichzeitig sanken wir langsam. Mir gingen die Ohren zu. Wortlos, aber lächelnd, schaute Opa mich von der Seite her an. Das Glück stand immer noch in seinem Gesicht zu lesen.

„Mein Junge" - sagte er daher - „... ich bin dir unheimlich dankbar, dass du mir das ermöglichst! Nie im Leben hätte ich gedacht, dass ich die alte Welt wieder sehen würde. Das macht mich sehr glücklich. Und – soll ich dir noch etwas sagen? Ich bin gespannt, ob ich in der Stadt etwas wiedererkennen werde. Den Fluss... die Saar, ihn werde ich erkennen. Aber ansonsten wird sich viel verändert haben. Dennoch hoffe ich, dass vielleicht eine Kirche oder das Rathaus noch da sind. Es ist eine schöne Stadt."

„Wir werden sehen" - meinte ich - „... schön wäre es, wenn wir die Bibel finden würden!"

„Wie kamst du eigentlich darauf? Wo hast du die Koordinaten her?"

„Ich habe einfach recherchiert" - log ich - „... ich hielt mich an den Platz, den du mir mal gesagt hast. Du hast mir mal erzählt, dass euer Haus in der Nähe einer wunderbaren Kirche gewesen wäre!"

„Der Ludwigskirche!"

„Ja, genau – dahin fahren wir. Aber zuerst ins Hotel, dass wir das Gepäck verstauen und uns ausruhen können."

„Ja" - lächelte Opa - „... und vielleicht etwas essen. Ich habe Hunger!"

„Ich habe auch Hunger, Opa. Dann machen wir es so."

Und so nahmen sie sich, nach der Landung, wie geplant einen Leihwagen. Es war ein schwarzer BMW neuester Bauart. Joe gab die Stadt und die Straße ins Navi ein, und sie fuhren los. In Frankfurt war, auch auf der Autobahn, die Verkehrsdichte noch recht hoch. Aber, sobald sie etwas außerhalb waren, gab Joe dem Auto die Sporen. Dort, wo keine Geschwindigkeitsbegrenzung war, nutzte er es aus, und gab Gas. Und das sportlich aussehende Auto machte seinem Image alle Ehre. Opa schlief wieder. Zwei Stunden später musste Joe ihn also in der Tiefgarage des Hotels wecken. Dort aßen sie ein spätes Mittagessen – es war nach 14 Uhr Ortszeit in Saarbrücken. Während dem Essen erkundigte sich Joe, ob Opa Max noch fit genug für einen kleinen Ausflug wäre. Max sagte ja. Für eine genaue Suche würde es zu spät werden, zumal es an diesem trüben Tag bereits etwas dämmerte. Und so fuhren sie kreuz und quer durch die Stadt, die viel größer war, als Joe vermutete. Begeistert schaute Max aus dem Fenster. Hier und da kam ihm etwas bekannt vor, sicher war er sich aber nie – bis sie in eine Straße einmündeten, die Max aufschreien ließ:

„Da ist sie! Die Ludwigskirche!" - schrie Max erfreut - „... wir haben sie gefunden! Unser Haus lag nur wenige hundert Meter weiter hinten!"

„Das freut mich" - sagte ich, und das war nicht gelogen. Ich freute mich wirklich und plötzlich hatte ich das Gefühl, dass ich (und Opa Max) auch dieses Mal Erfolg haben würde/n. Ich suchte einen Parkplatz, was nicht so einfach war. Plötzlich sah ich ein blaues Schild mit einem P darauf... ein Parkhaus, nicht weit entfernt. Ich parkte in dem Backsteinhaus und wir liefen die etwa 300 Meter bis zu dieser Kirche. Sie war sehr schön. Nicht so groß wie eine Kathedrale, aber sie strahlte, mit ihren hohen Fenstern Würde aus.

„Man sieht, dass sie sie restauriert haben!" - bemerkte Opa - „... siehst du, dass einige Steine eine andere Farbe haben? Sie wurde auch von Kugeln und Granaten getroffen. Unser Haus auch. Weiter hinten waren alle Häuser zerstört. Es war

Grausam. Aber es freut mich, dass sie alles so schön hergerichtet haben. Der Teil dieser Stadt sieht fast so aus wie früher. Ich glaube, es ist der älteste Teil der Stadt. Oben das Schloss war im Besitz eines reichen Fürsten. Ich erinnere mich nun an fast alles!"

Und ich kannte Opas Gefühle in dem Moment nur allzu gut! Es lässt einen das Herz höher schlagen. Wie schon ein paar Mal, stand ich nun vor dieser wunderbaren, erhabenen Kirche, und sammelte Kraft, für das was noch kommt. Aber für Heute sollte es genug sein. Ich wollte Opas Kraft nicht überstrapazieren, und ja, ich selbst war nun auch müde. Also fuhren wir an diesem frühen Abend erst einmal ins Hotel zurück. Später ließen wir uns dort ein leckeres Steak schmecken. Dann schliefen wir zufrieden ein, jeder in seinem Zimmer.

Am nächsten Tag machten wir uns dann, nach dem Frühstück, das sehr lecker war, auf den Weg, um die Bibel zu suchen. Zu diesem Zweck hatte ich mir eine App aufs Handy geladen, die nicht nur eine Karte, sondern auch die Koordinaten zeigte. Mit jedem Schritt konnte ich also verfolgen, dass wir unserem Ziel immer näher kamen. Ich hatte wieder im selben Parkhaus geparkt, obwohl dies nicht billig war. Aber von dort waren es wieder nur einige hundert Meter.

„Hast du eine Ahnung? - fragte ich Max - „... wann du die Bibel das letzte Mal gesehen hast?"

„Ich hatte sie oben auf meinen Rucksack gepackt. Weil er so voll war, ging die Schnalle nicht mehr zu. Ich weiß aber genau, dass ich sie noch hatte, als wir unser Haus verließen. Ich nehme an, dass sie im Vorgarten verloren ging."

Wir kamen an das Haus. Opa bekam Tränen in die Augen, die er aber mit dem Handrücken wegwischte. Das Haus war gar nicht so klein. Der Eingang befand sich in der Mitte. Vier

abgetretene Sandsteinstufen führten zu der dunklen Eichentür. Rechts und links der Doppeltür befanden sich je zwei hohe Fenster. Alles sah noch so aus, wie im achtzehnten Jahrhundert, als das Haus erbaut wurde. Der Vorgarten bestand aus einem kleinen Blumengarten. Ein schmaler, mit grauen Steinplatten belegter Weg führte zur Tür. Der ganze Vorgarten war etwa vier Meter tief und verlief über die ganze Länge des Hauses. Die App in meinem Handy blinkte rot. Wir standen also unmittelbar davor. Ein Eisengitter zierte den Vorgarten. Wir standen vor dem Haus und überlegten beide fieberhaft, wo hier ein dickes Buch verloren gegangen sein könnte. Und mir stellte sich die Frage, warum es nicht längst gefunden wurde. Doch die Antwort war einfach – das Buch hätte Aufsehen erregt. Und da das nicht der Fall war, musste es noch hier sein.
Opa schaute etwas ratlos drein. Und ich wollte nun auch nicht klingeln und fragen, ob die Bewohner ein altes Buch gefunden hätten. Wenn es so war, hätten sie es keinem Fremden so einfach gegeben, nur weil Opa gesagt hatte, dass es ihm gehöre! Dann fiel Max ein, dass sie aus der Hintertür herausgegangen wären, da vorne auf der Straße geschossen wurde. Ich wollte keinen Hausfriedensbruch begehen, daher gingen wir zaghaft um das Haus herum. Dort war dann eine helle Tür, deren obere Hälfte aus Glas bestand. Davor, also außerhalb des Grundstücks, war ein Mauervorsprung. Dort standen nun Mülltonnen.

„Da hinten" - rief Opa etwas aufgeregt - „... dort muss ich es verloren haben!"

„Da hinten" - wie Opa es nannte, war ein Obstbaum. Seine Rinde war voller Moos und Baumpilz... es musste ein sehr alter Baum sein, der viel gesehen hat. Wir gingen hin.

„Nicht der Baum" - meinte er - „... ich erinnere mich wieder! Dort ist der Eingang in einen alten Keller, der damals schon baufällig war, und nicht mehr benutzt werden sollte. Dort bin ich mit meinem Rucksack hängen geblieben! Es wundert mich, dass das Ding nicht abgerissen wurde!"

Ich schaute mir mit Opa den Ecken genauer an. Da war, im Boden eingelassen, ein Eisengitter, wie man es oft in alten Filmen sieht. Ein Gitter, wie in einem Gefängnis. Das Kuriose war, dass es sich öffnen ließ! Zwar war das nicht ganz einfach, da sich Efeu um die Gitter rankte. Das war wohl mit ein Grund, warum sich kaum noch jemand um die Falltüre kümmerte. Man sah sie fast nicht. Nur jemand, der wusste, dass da ein Keller ist, weiß das. Kein Schloss versperrte uns den Weg. Betontreppen (so sah es jedenfalls aus) führten nach unten.

„Warte du" - sagte ich – „... ich schaue mal nach!"

Opa nickte. Und ich stieg die sieben Stufen hinab. Da es etwas dunkel war, schaltete ich die Lampe meines Handys ein. Ich leuchtete in die Ecken – und mir stockte der Atem als ich es sah. In einer trockenen Ecke, unter den Stufen, da lag ein dickes dunkles Buch! Ich nahm es an mich und steckte es unter mein Hemd. Dann verließ ich das Verlies wieder.

Oben angekommen schloss ich das Gitter und sagte nur zu Opa, mit zusammengekniffenen Zähnen: „Lass uns gehen!" Und wir verließen das Anwesen, froh, dass uns keiner gesehen1 hatte. Unterwegs zum Auto zeigte ich Max meinen Fund.

„Du hast es gefunden!" - schrie er förmlich heraus - „... klasse, du bist ein super Typ! Ich wusste es schon immer! Und er bekam den Mund vor Lächeln nicht mehr zu. Im Auto übergab ich ihm dann sein verlorengegangenes Buch. Er begann sofort darin zu blättern.

„Es hat zwar einige Stockflecken, aber ansonsten ist es unversehrt. Man kann es noch gut lesen! Und dies nach all den Jahren! Du kannst dir nicht vorstellen, was das für mich bedeutet, Junge."

Und dann nahm er das Buch und legte es auf seinen Bauch. Es war als umarmte er sein Buch. Und ich freute mich nicht nur für ihn. Auch ich war wissbegierig – war gespannt, was es darin zu lesen gab. Im Hotel wurde ich dann enttäuscht... das Buch war (natürlich) in Deutsch geschrieben und darüber hinaus, mit Buchstaben, die ich nicht lesen konnte.

„Was ist das für eine Schrift?" - fragte ich Opa Max.

„Sütterlin! Eine altdeutsche Schrift. Ich fürchte auch ich muss mich anstrengen, um es wieder zu lesen. Ich habe ja auch über siebzig Jahre kein Deutsch mehr gesprochen. Aber ich werde heute Abend, weiterhin versuchen, ob ich dir etwas daraus vorlesen kann."

„Okay" - sagte ich dann - „... wenn nicht müssen wir einen Fachmann besorgen!"

Opa nickte nur.

Kapitel 16
Der unglaubliche Inhalt der Bibel

Wie erwartet konnte Opa noch hier und da einige Stichwörter in der Bibel lesen, aber flüssig und verständlich vorlesen, wie er selbst es gehofft hatte, das konnte er nicht.

Wir würden uns also jemanden suchen müssen, der das noch kann, dachte ich. Und dann dachte ich noch weiter, dass wir, hier in Deutschland noch eher jemanden finden würden, als in Amerika. Zumal es ja auch in deutsch geschrieben war. Sicher würde es auch in Amerika Leute geben, die das konnten, doch die Wahrscheinlichkeit, hier einen kundigen Menschen zu finden, war weitaus größer!

Nach dem Abendessen verabschiedete sich Max müde und ging ins Zimmer. Joe suchte jedoch das Internet nach einem Fachmann ab. Nach nur kurzem Suchen wurde er fündig. Ein Vincent Groß gab in seiner Website an, diese alte Schrift lesen zu können. Er wäre Germanistikprofessor und Theologe – er (wohl ein älterer Mann) wäre also der Fachmann schlechthin! Vom Kellner, der gerade an Joe′s Tisch vorbeikam, verlangte er einen Zettel und einen Schreiber. Es war zu spät, dort jetzt noch anzurufen, daher schrieb Joe sich die Telefonnummer auf, die da stand. Dort würde er morgen anrufen. Er hoffte, dass der Mann englisch konnte.

Natürlich, so stellte sich dann tags drauf heraus, konnte der Mann englisch, schließlich war er Lehrer und hatte das studiert. Das half unheimlich, schließlich konnte weder Joe noch Max ausreichend deutsch, um sich vernünftig zu unterhalten.

Wie erwartet, war dieser Vincent, während des Telefonats, hocherfreut, und natürlich wusste er als Theologe von dem Buch, das seit langem als verschollen galt. Am liebsten hätte er sich sofort mit Joe und Opa getroffen. Doch er selbst hatte noch Termine an diesem Tag, sodass sie sich an dem Tag erst gegen Nachmittag treffen konnten. Sie taten das im Restaurant des Hotels und tranken einen Kaffee dabei. Vincent – er hatte nur noch wenige graue, fast weiße Haare, die er von der rechten zur linken Seite des Kopfes gekämmt hatte, war unheimlich wissbegierig. Das merkte man ihm sofort an. Seine, tief in den Augenhöhlen liegenden, kleinen, dunklen Augen, hatte er fast die ganze Zeit auf das dicke schwarze Buch gerichtet, das Max fest umklammert, vor sich auf dem runden Tisch liegen hatte. Irgendwann hielt Vincent es nicht mehr aus und er fragte, ob er das Buch sehen könne. Max schob es ihm hin. Er nahm es, schlug es auf und las. Er blätterte darin, behielt es eine ganze Zeitlang. Er überschlug mehrere Seiten, blätterte wieder zurück. Seine Stirn runzelte er zwischendurch, wobei jeweils unzählige Falten zum Vorschein kamen. So las er eine ganze Weile und Joe bestellte für jeden einen weiteren Kaffee. Man sah regelrecht, dass Vincent's Augen aufleuchteten. Als Max bereits ungeduldig wurde, schob er es ihm zurück. Max nahm es direkt wieder an sich.

„Um alles ganz genau zu sagen, was im Buch vorkommt, müsste ich es einige Tage studieren, das können sie sich sicher denken. Und ich wäre ihnen sehr verbunden, wenn sie mir dies möglich machen würden. Aber da mir, vom Prinzip her vorher schon klar war, was der Grundsätzliche Inhalt des Buches ist, kann ich ihnen jetzt gleich eine Kurzfassung liefern!" - teilte Vincent uns mit.

„Gerne doch" - bat ich ihn.

„Das Buch Haggai ist ein Teil des alten Testaments und gehört zu den sogenannten Zwölfprophetenbüchern. Es besteht aus nur zwei Kapiteln. Hauptsächlich wird der Wiederaufbau des Tempels in Jerusalem thematisiert. Nach der Rückkehr der Juden aus dem babylonischen Exil sollte das geschehen. (Von Gott?) gefördert werden, sollten die, die das Recht schaffen und sich für das Volk einsetzen. Es wird vorgeschlagen, dass ein neuer Tempel errichtet wird und gleichzeitig davor gewarnt, dass nur im Einklang mit Gott und der Natur gelebt werden kann, da sonst wieder große (Natur-?) Katastrophen bevorstehen. Wenn das Volk (und damit sind alle Nationen gemeint) sich nicht vereint, um für Frieden und Einheit zu kämpfen, dann werde die Menschheit untergehen.

Der zweite Teil des Buches unterstreicht, indem erinnert wird, dass den Israeliten, wie damals, beim Auszug aus Ägypten, geholfen wird. Gott würde ihnen dann, auch in dieser Situation helfen... wenn sie sich an die Vorgaben halten."

Max und mir stand buchstäblich der Mund offen. Sicher – es war eine Prophezeiung in einem großen Buch. Aber dass Gott denen helfen würde, wenn sie nur zusammenhalten und Tempel bauen würden – und so die Natur und den Frieden sichern würden... das war zwar irgendwie nicht neu, aber dass es so genau in die heutige Zeit passte, war verblüffend. Nun hatte ich auch einen Plan! Dieser Professor konnte uns gegebenenfalls dabei helfen. Wenn er einen Riesen Wirbel um das Buch machen würde... und wenn ich und andere Wissenschaftler an Möglichkeiten zur Rettung der Natur arbeiten würden (mit meinen Daten auf dem Zettel), dann könnte man genügend erreichen. Vor allem, wenn das Buch auch von Politikern ernst genommen wird, sodass die die nötigen Mittel freigeben.

Ich fand den Plan gut. Ob er aber funktionieren würde, hing von ganz vielen Faktoren ab. Bislang – so meine Gedanken in dem Moment, konnte man die Menschheit nicht mit klugen Worten überzeugen – die Leute sahen eher den schnöden Mammon als Gottheit an... vielleicht würde dieses Buch etwas ändern. Es galt die richtigen Politiker zu überzeugen. Das war die halbe Miete. Die Wissenschaftler brauchte man nicht zu überzeugen. Die würden sich sofort an die Arbeit machen – sowie sie den Auftrag hatten. Ich selbst musste mein Botanikstudium beenden, was aber nicht lange dauern würde.

Und so brachte Joe alles, was er in der Hand hatte, auf den Weg. Vincent trat in Fernsehsendungen auf. Für Joe war Vincent Gold wert. Das Buch war bald weltweit in aller Munde. Und nicht nur in den Köpfen der meisten Menschen fand ein Umdenken statt, nein auch viele Politiker versuchten sich wichtig zu machen... einige sagten gar, dass sie das ja schon immer so gesagt hätten! Als Joe dann noch seine Studien veröffentlichte, sprangen weltweit weitere Forscher auf den Zug auf. Plötzlich war nur noch davon die Rede, die Welt vorm Untergang zu retten und jeder gab seinen Senf dazu. Nicht alles, was so gefaselt und geschrieben wurde, hatte Hand und Fuß, das meiste jedoch war brauchbar und kam relativ schnell zur Anwendung.

Kapitel 17
Der Neuanfang

Ich war guter Dinge – hatte ich doch nun das starke Gefühl
alles richtig gemacht zu haben. Denn a, hatte ich Leha und ihre
Kumpanen ihren Planeten gelassen, und b, lebte ich nun mit
meiner Familie zusammen und war glücklich, und c, schien es
so, als ob es noch nicht zu spät war. Die Erde war noch zu
retten – oder vielmehr das Klima. Berechnungen einiger
renommierter Klimaforscher weltweit ergaben, dass – sollte es
so sein, dass alle Nationen sich an das Programm, das sie nun
vorschlugen, halten, dass dann die Erderwärmung begrenzt
werden könnte.

„Allerdings" - führte ein Forscher im TV hinzu - „... wäre es
nicht verkehrt, wenn noch weitere Ideen aufs Papier gebracht
werden könnten. Je mehr Beiträge umgesetzt werden können" -
führte der bekannte Forscher weiter aus - „... je eher und besser
können wir unser Ziel erreichen."

Ich kannte den Mann zwar nicht persönlich, doch mochte ich
ihn, da ich sonst niemanden im TV oder sonst wo her kannte,
den ich so gut reden sah oder hörte, wie ihn. Er trat öfter als
„Wettermann" auf und warnte, bis dahin, dass etwas passieren
muss. Er hatte den Leuten immer, in gut verständlichen
Worten, den Ernst der Lage erklärt. Er, sein Name war Stein,
war einer der Ersten, der auf die kommende Klimakatastrophe
hinwies. Anfangs wurde er nicht ernst genommen. Über Jahre
hatte er es gepredigt und ist darüber alt geworden. Anfangs war
er, er stammte aus Indien, ein gutaussehender Mann mit
schwarzen Haaren, dunklen Augen und dunklem Teint – nun

war er dünner geworden, seine Haare weniger und weiß, und sein Gesicht war voller Falten. Jedenfalls... dass gerade er nun davon redete, dass es noch nicht zu spät war, war gut. Nicht nur ich, der ich die Sendung gerade verfolgte, glaubte ihm. Nein, seine Worte wurden mittlerweile mehr als ernst genommen. Er war der Wettergott, wie ihn viele auch nannten. Auf ihn hörte nun die halbe Welt, so bekannt war er geworden.

Und zwischendurch, Joe wusste in diesem Moment selbst nicht warum, musste Joe an Leha denken. Er dachte an die Worte, die sie ihm sagte... und kurioserweise hatte Vincent, der Bibelforscher, etwas ähnliches gesagt. Als 752 vor Christus, die Juden aus Ägypten vertrieben wurden... es seien Aussätzige unter ihnen gewesen. Joe dämmerte, dass das die Vorfahren von Leha gewesen sein mussten. Wegen ihrer hellen, fast weißen Haut und den blauen Augen, mussten sie auf die damaligen Ägypter ungesund ausgesehen haben! Das war wohl der erste Grund, warum sie sich entschlossen haben, die Erde zu verlassen. Aber dann wurde Joe weiter bewusst, dass „Die Kinder Iris" - dann ihren Weg gefunden haben. Mit Hilfe dieser Engel haben sie das Paradies gefunden. Sie haben einen Neuanfang gewagt und gewonnen. Und nun mussten die Menschen, hier auf der Erde, es ihnen gleichtun. Auch die Menschheit musste einen Neuanfang wagen. Der Anfang war gemacht. Aber – wie dieser Herr Stein (wieso er als Inder einen deutschen Namen hatte?) - eben im TV gesagt hatte, es mussten mehr Möglichkeiten geboten werden, wenn das Klimaziel erreicht werden soll. Also beschloss Joe in dem Moment, eine Liste zu erstellen. Auf diese Liste würde er alle Ideen aufführen, die er bewerkstelligen konnte. Alles weitere, dachte er, war in die Wege geleitet. Viele Forscher wie er, veröffentlichten beinahe täglich neue Ideen, die Politiker

*hatten auch verstanden. Letztlich war es ein Rennen mit der
Zeit. Und der Mensch sollte als erster über die Ziellinie laufen
können. Wenn die Natur gewinnen würde, hätte der Mensch
keine Chance. Im Moment stand es 50:50...*

Conny und ich hatten die Nachrichten zusammen eben im TV
verfolgt. Die kleine Mai, war, nebenbei erwähnt, vor vier
Jahren auf die Welt gekommen, und schlief. Wir schrieben das
Jahr 2034... Mai´s Geburtstag. Conny erschrak also etwas, als
ich plötzlich aufsprang um einen Block und einen Schreiber zu
holen.
    „Was ist denn los?" - fragte sie mich also, etwas entsetzt und
schaute von unserem grauen Sofa aus zu mir auf.
    „Ich habe eine Idee und muss mir alles gleich aufschreiben,
du weißt ja – das Alter!"
    Conny lächelte und nickte nur. Sie kannte mich nun gut
genug, und wusste, dass wenn ich einen Geistesblitz hatte, dass
ich dann schon mal aufsprang. Kurz vorher sprach ich ja noch
davon, dass ich Astronaut werden wollte. Für sie war ich also
wohl ein Mann mit Träumen. Wenn sie wüsste... jedenfalls
nahm ich beide Utensilien und begann zu schreiben.

Ka´s Samen – ich würde sie züchten
um einen Fleischersatz zu haben*

Den Baum, oder besser Strauch -
er ist widerstandsfähig und spendet viel
Sauerstoff.

Dann hatte ich noch eine Erfindung
die ich zu Papier bringen musste.

*Die Zucht von Tieren verursacht mehr CO_2 als alle Autos in Deutschland.

Hinter meiner Liste begann ich zu schreiben. Ich notierte mir, wie genau ich vorgehen würde. Als erstes würde ich diese Samen anzüchten. Dann diese Art Kaktus... der Fleischersatz. Und dann machte ich eine Skizze von meiner Erfindung. Ich zeichnete einen Stab an deren oberen Ende vier Solarpaneele installiert waren. Sie zeigten in jede Richtung. Von wo die Sonne auch kommen möge, die Paneele erhielten Licht. Darunter war ein Drehlöffel für den Wind. Strom wurde also durch Wind und Licht erzeugt. Ich malte aber so, dass man das Innere der Maschine sehen konnte. Im Innern des (dicken) Stabes war ein Zahnradgetriebe das eine Luftpumpe antrieb. Durch die komprimierte Luft entstand Wärme. Diese Wärme bekam sozusagen Verstärkung von unten, da durch eine Bohrung, unterhalb der Anlage, Erdwärme angezapft wurde. Die komprimierte Luft wurde über ein Ventil (in der Zeichnung) von Zeit zu Zeit abgelassen und trieb so wiederum einen Dynamo an, was weiteren Strom erzeugte. Der Sockel der Anlage bildete eine Solarterme und im Innern des Sockels war ein Akku. Strom kam also von den Solarpaneelen, der speziellen Luftpumpe und dem Windrad. Wärme (für Warmwasser/Heizung) kam aus dem Boden, der Luftpumpe und der Solarterme. Insgesamt also sechs Komponenten, die Wärme und Strom produzierten. Wenn jeder Haushalt – also jedes Eigenheim mit dieser Anlage, die vom Staat gefördert werden sollte, sodass sie sich auch jeder leisten kann, ausgestattet ist, sollte jedes Einfamilienhaus autark funktionieren.

Idee zwei war der Fleischersatz* - siehe Erklärungen letzte Seite).

Darüber hinaus hatte ich bereits diesen Kaktus, der eher ein Baum war, untersucht. Das hatte ich ja schon veröffentlicht, worauf weltweit viele Forscher angesprungen waren und ihre Ideen zum Besten gaben. Dieser Kaktus-Baum sog regelrecht die toxischen Stoffe auf und gab Unmengen Sauerstoff ab! Genügend davon gepflanzt sollte das zu einem guten Teil dazu beitragen die Situation zu verbessern. Vor allem, wenn noch andere Optionen umgesetzt würden – nach Möglichkeit ziemlich schnell!

Darüber hinaus gab es, für mich eine der größten Ideen, von einem Kanadischen Erfinder eine Idee für ein Energiesystem in großem Maßstab. Schließlich sollten ja nicht nur kleine Einfamilienhäuser autark mit Strom und Wärme versorgt werden, sondern ganze Orte mit Hochhäusern. Und für diese Energiemenge brauchte man eben größere Kraftwerke. Und dafür hatte dieser Steve Letter eine gute Idee, wie ich fand. Er konstruierte einen Magnetfusionsreaktor. In diesem Donut-förmigen Ring, in dem – anders als in üblichen Fusionsreaktoren, in denen Helium und Wasserstoff fusioniert werden, komprimiertes Deuterium und Tritium verbunden werden*-siehe Erklärung). Das erfüllte den selben Zweck, hatte aber den Vorteil, keinen atomaren Abfall zu erzeugen. Dann kam noch eine gute Idee, dieses Mal aus Frankreich. Ein Felipe Lacroix erfand für E-Autos und E-LKW´s eine kostengünstige Methode, die Fahrzeuge mit Strom zu versorgen. Seine Idee war auch eine meiner Favoriten. Es handelte sich um ein Induktions-Netz das mit Überlandleitungen funktionierte*- siehe Erklärung). Das war weitaus billiger, als alle Straßen aufzureißen und dort Leitungen zu legen. Okay, vielleicht sah das nicht so schön aus, aber es war effizient und relativ schnell umzusetzen.

Ab einem gewissen Zeitpunkt schien die Welt... das Denken der Menschen, wie ausgewechselt zu sein. Fast alle waren darauf bedacht das Richtige zu tun. Natürlich gab es auch Gegner, die gibt es immer, aber der größte Teil der Menschheit hatte verstanden, dass ihr Überleben, zu einem Teil mit einem

gewissen Verzicht zu tun hat. Wer, der gerne Fleisch isst,
verzichtet schon gerne darauf? Wer gibt schon gerne Geld aus,
für ein Energiesystem im Garten, das von der Optik nicht
seinem Anspruch entspricht? Wenn es auch staatlich gefördert
wurde – es kostete Geld! Einige Ideen taten der Natur gut und
kosteten nicht viel Geld, wie Salzmargen und Seegraswiesen...
dann gab es noch „Blue Carbon" - das war eine neue Betonart
der Cyanobakterien enthielt. Das waren regelrechte
Kohlenstoffspeicher*-siehe Erklärung)! Alle neuen Mauern und
Straßen sollten damit erbaut werden. Es gab also jede Menge
an Maßnahmen, die Umgesetzt wurden. Natürlich vergingen
Jahre, bis a, die gepflanzten Pflanzen ihre Wirkung zeigten, b -
die Überlandleitungen alle standen (und auch die E-Autos
verkauft waren), c – die Reaktoren alle liefen und die Städte
mit Energie versorgten... doch irgendwann waren dann auch
Maßnahmen d, e, f... umgesetzt.

Epilog
Die Zukunft läuft...

Anno 2043 (schon wieder...)

Der Wettergott verkündete in den Nachrichten, dass sie den Klimawandel, quasi in letzter Sekunde, abgewendet hatten. Die durchschnittlichen Temperaturen befanden sich, laut Berechnungen, wie zu der Zeit – vor der Industrialisierung.

Conny und ich waren nun dreiundvierzig Jahre alt, Mai war eine hübsche Frau geworden und ging ihre Wege. Wir waren stolz auf sie. Opa Max war mit 90 Jahren gestorben – mit seiner Bibel in der Hand. Er war friedlich im Bett eingeschlafen und nicht mehr erwacht. Aber, wie er auch selbst immer betonte... er hatte ein erfülltes Leben. Papa erging es nicht so gut. Er starb nur ein Jahr nach Opa an COPD. Er hatte aber trotz seiner Krankheit nicht mit dem Rauchen aufgehört.

Ach ja – Ben und Karl waren nie auf dem Mond. Nachdem die Welt in eine andere Richtung ging, wurden die Stoffe, die damals benötigt wurden nicht mehr gebraucht. Dafür wurden überall neue Kirchen und andere Tempel gebaut. Nein, die meisten Menschen wurden nicht gläubiger als zuvor, aber die, die es waren, waren glücklich darüber... letztlich wollten die Verantwortlichen nur ein positives Zeichen setzen. Aber das war egal. Der Untergang der Menschheit war jedenfalls abgewendet. Vorläufig... man wusste ja nie was der Mensch sich als nächstes einfallen ließ.

Aber für heute sagte ich zu Conny - „Die Zukunft läuft!"

Und Joe dachte an den Planeten Hope. Er wusste nun, dass dieses Volk es gleich richtig gemacht hatte. Aber – wusste er eben auch, die Menschen sind eben wie sie sind. Sie hatten nichts dazugelernt und immer nur mit Gewalt alles durchgesetzt. Sie wussten aber auch nichts von (echten) Engeln. Vielleicht, dachte er, wäre es dann anders gelaufen. Aber für Joe war dennoch im Moment alles in Ordnung. Er schaute, dieses Mal nicht alleine, sondern mit Conny Hand in Hand, in den Sonnenuntergang hinter ihrem Haus – mit dem Gedanken, dass die Zukunft nun wieder rosig aussah. Aber er schöpfte, wie schon so oft, wieder Kraft – für die Dinge, die noch kommen mögen.

Ende

Erklärungen und Quellen

Darstellungen von Engeln mit Flügeln gab es schon um 2250 vor Christus in Mesopotamien, wie das gefundene Rollsiegel des Stadtschreibers Adda beweist. Auch bei den Ägyptern waren Engelsdarstellungen sehr verbreitet. Bei ihnen entstand erstmals die Vorstellung der Seele als Vogelkörper mit menschlichem Kopf und Armen.

Die Seraphim-Engel sind etwas Besonderes. Sie leben in Araboth, dem siebten Himmel und haben die Aufgabe, das Universum und alle Planeten zu planen und arbeiten dabei mit den Cherubim-Engel zusammen, die sich für das Gute einsetzen. Beide müssen dafür sorgen, dass sich bösartige Kreaturen nicht zu stark ausbreiten und halten die Hölle und die teuflischen Legionen im Zaum.
   Seraphim/Cherubim sind also Gott nahe Engel, die die Rechtschaffenen beschützen. Für Leha war Joe dies ja - ein Recht-schaffender, weshalb sie ihn auch zurückschickte. Sie wusste, oder ahnte, dass er nicht nur ein guter Mensch war – nein, sie wollte ihm und der Menschheit auch eine weitere Chance geben. Deshalb gab sie Joe den Hinweis mit der verlorengegangenen Bibel.

Die Massentierhaltung verursacht in der Landwirtschaft 97% CO_2 – das sind 15% der Treibhausgase weltweit... mehr als alle Autos und Flugzeuge zusammen – weltweit! Ein Fleischersatz wie im Buch beschrieben wäre also mehr als sinnvoll!

Im Internet zu finden:
veganivore.de
(Massentierhaltung – siehe auch Erklärung oben)
mein.evangelisch.de/inhalte/97250/02-12-2009
siehe auch: engelpedia.fandom.com
wikipedia.org

Cover by: iStock – gratis Download

Alle mit *-siehe Erklärung) versehenen Punkte sind
Erfindungen, die es bereits gibt oder in Planung sind und
können im Internet ersehen werden, beziehungsweise sind
Ideen des Autors.

Seraphim

Anmerkung des Autors

Ich habe das Buch bewusst mit – es war einmal... angefangen, da es letztlich ein Märchen ist. Tatsächlich. Ohne zu träumen wollte ich, mit meinem kleinen Werk aufzeigen, dass – auch mit vielen Menschen auf dem Globus, ein Leben in Frieden und im Einklang mit der Natur möglich ist, und der Klimawandel aufzuhalten wäre. Aber der Mensch selbst, mit seiner Herrschsucht und Kriegslust verhindert das. Ganz zu schweigen von Geld und Macht, die die Politiker innehaben, aber lieber auf die Lobbyisten hören... und so das Falsche machen. Meine Meinung... es ist aber auch nicht leicht alle unter einen Hut zu bringen, das ist ebenso klar und macht es natürlich nicht einfacher – für keinen Politiker auf der Welt. Letztlich sind die Voraussetzung für Frieden und Wohlstand für alle, Einigkeit und Verständnis für andere. Deshalb bleibt es ein Märchen – ich weiß...

Danksagung

Und wieder danke ich meiner Frau und Freundin für ihre
Beratung – Danke Inge.
Darüber hinaus danke ich dem Verlag, sie machen meine Arbeit
ja erst zu einer Sache zum Anfassen.

Hinweis auf mein nächstes Buch -
mal was anderes... eine Horror-Story

Erste Stimmen von denen, die das Manuskript
gelesen haben:
So ein Buch las ich noch nie!

Das wusste ich nicht...

Eine unglaubliche Fantasie!

Die Beschreibung des Energiesystems für Eigenheime beruht
tatsächlich auf eine Idee des Autors, ist aber nicht patentiert,
daher gilt hier das Copyright des Autors, was sich ja auf das
ganze Buch bezieht. Bei Fragen (was nicht passieren wird) der
Industrie, bezüglich Herstellung, stehe ich aber gerne zur
Verfügung...

Als kleines Schmankerl noch eine Kurzgeschichte -
sie kann ebenso als Märchen verstanden werden.
Jedenfalls entstammt die Story komplett
meiner Fantasie... die obige Geschichte wäre dem
gegenüber umzusetzen... die Möglichkeiten wären geboten.
Was aus meiner Sicht zur Umsetzung fehlt ist, dass kein Geld
verdient werden kann – es würde aber viel Geld kosten! Und
da scheint niemand dazu bereit zu sein... dennoch, viel Spaß
auch bei der folgenden kleinen Geschichte! Keine
Verschwörung, wie sonst üblich, sondern reine Fantasie, wie
erwähnt.

Ihr Friedrich Schmidt

Was in Wahrheit mit Prinzessin D. geschah!
Kapitel 1

31. August 1997

Die schwarze Luxuslimousine raste mit leicht erhöhter
Geschwindigkeit durch Paris, Frankreich. In der S-Klasse
waren drei Insassen. Der Fahrer, von dem später gesagt wurde,
er hätte Alkohol getrunken. Ein Mann, namens Al, und seine
berühmte und adlige Freundin – Prinzessin D.

Das Auto bog gerade, im Zentrum von Paris, in einen hell
beleuchteten Tunnel ein. Wohin das (frisch gebackene?) Paar
an diesem späten Abend unterwegs war, darüber lässt sich nur
spekulieren.

Jedenfalls näherte sich ein silberner Citroen dem Auto.
Paparazzi – Diana kannte das schon. Nur allzu oft hatte sie
bereits Bekanntschaft mit diesen lästigen Menschen gemacht.
Sie hasste es, vor allem in solchen Momenten, wo sie gerne
mal alleine gewesen wäre. Also schaute sie verärgert zu dem
Auto, dass nun neben ihnen, auf gleicher Höhe, herfuhr.
Kamera-Blitze kamen aus dem hinteren Fenster des Autos! Bis
dahin hatten sich Diana und Al Hand in Hand auf den
Ledersesseln des Fonds bequem gemacht. Nun, da Al sah, dass
Diana verärgert war, gab er dem Fahrer Anweisung, die
ungebetenen Gäste abzuhängen. Der ließ sich das nicht
zweimal sagen und drückte das Gaspedal ins Bodenblech. Die

schwere Limousine schoss augenblicklich nach vorne, wie von der Tarantel gestochen. Aber das andere Auto ließ sich nicht abhängen! Beide Autos rasten nun durch den ansonsten Menschenleeren Tunnel (Wieso hat eigentlich nie jemand gefragt, wieso sich sonst niemand in dem, sonst so befahrenen Tunnel aufhielt?). Sie rasten so eine kurze Zeit nebeneinander her. Der Fahrer lenkte in Richtung des anderen Autos, sodass dieser ausweichen musste. Doch dieser Fahrer gab nicht auf, sondern setze sein Fahrzeug wieder neben die S-Klasse. Dessen Fahrer gab noch mehr Gas, sodass sie mit weit über 100 Km/h durch den Tunnel rasten. Der Tunnel war lang und breit und gabelte sich kurz darauf. Durch eine Unachtsamkeit (?) des Verfolgerfahrzeugs, rammte das silberne Auto die S-Klasse. Das Auto begann daraufhin zu schlingern. Der Fahrer hatte Mühe das schwere Auto wieder einzufangen. Es gelang ihm nicht! An der Gabelung rammte er einen Betonpfeiler. Nach diesem schweren Zusammenstoß drehte sich das Auto einmal um seine eigene Achse und blieb dann irgendwann in Fahrtrichtung stehen. Das silberne Auto hatte sich mit einer Vollbremsung aus der Gefahrenzone gebracht... nun fuhr dessen Fahrer an dem verunfallten Auto vorbei. Der Aufprall war so heftig, dass quasi der halbe Motorraum fehlte. Die Windschutzscheibe lag neben dem Auto. Scheinbar hatte sie den Fahrer am Kopf getroffen. Er hatte eine ziemlich schwere Verletzung im Gesicht, lebte aber noch. Al war tot. Diana war bewusstlos, ihr Puls war schwach, aber auch sie atmete noch leise. Im Tunnel war immer noch keiner! Allerdings dauerte es nur wenige Minuten, bis sich dem zertrümmerten Auto mit Martinshorn ein Krankenwagen näherte. Er blieb direkt hinter dem Auto stehen. Zwei Sanitäter und ein Notarzt eilten herbei. Nach einem kurzen Check stellten sie fest, wer noch zu retten war und wer nicht. Sie holten nur Prinzessin D. vom rechten Rücksitz und legten sie behutsam auf die Trage und verfrachteten sie in den Krankenwagen. Das heißt – aus dem Krankenwagen trugen sie erst eine Frau, mit D`s Größe und Statur, heraus. Die unbekannte Frau hatte sogar den selben Schmuck an! Dann setzten sie die tote Frau auf D`s Platz. Der Notarzt schob derweil D., die immer noch nicht bei Bewusstsein war, in den Krankenwagen und fixierte das Gestell. Die beiden anderen schauten sich in allen Richtungen um. Immer noch keiner zu sehen. Einer von ihnen nahm einen Benzinkanister aus dem Krankenwagen und schütte es in den Innenraum des Autos. Ein letzter Blick rundherum. Dann zündete er alles an. In Sekundenschnelle brannte das Auto lichterloh – mitsamt den Menschen darin. Dann sprangen sie in den Krankenwagen und fuhren mit quietschenden Reifen davon. Allerdings fuhren sie an dem nahegelegenen Krankenhaus vorbei. Sie nahmen einen anderen Weg!

Kapitel 2

D. lag in ihrem Bett. Eine Notoperation, noch in der selben
Nacht, hatte ihr das Leben gerettet. Sie schlief und hatte eine
Infusion anhängen. Ihr Zustand war nun stabil. Allerdings
wurde sie noch beatmet und lag, zur Sicherheit, noch auf der
Intensivstation der privaten Klinik, die eigentlich nur aus dem
einen Zimmer bestand. Das wusste aber sonst niemand, da das
Zimmer ansonsten einem normalen Krankenzimmer entsprach.
So lag sie einige Tage. Die betreuenden Ärzte hielten sie in
einer Art künstlichem Koma, da sie nicht wollten, dass sie
Fragen stellen würde, auf die sie keine Antwort hatten. Man
hatte ihnen viel Geld gezahlt – unter dem Vorbehalt, möglichst
keinen Kontakt zu Diana aufzunehmen. Es waren nur Fragen
rund um ihren Gesundheitszustand erlaubt. Nach vier Tagen
erwachte Diana jedoch. Beabsichtigt oder nicht? - jedenfalls
hatte, wohl eine der Krankenschwestern, vergessen ihr das
Betäubungsmittel zu geben. Nun, sie war wach und stellte
natürlich Fragen. Die Schwester, die gerade im Raum war, gab
aber keine Antwort und verließ das Zimmer schnellen
Schrittes. Natürlich kam das D. seltsam vor. Sie war nicht
gewöhnt, dass sie so einfach ignoriert wurde. Diana ärgerte
sich, dachte aber, dass die Frau wohl Stress hatte. So vergingen
weitere zwei Tage, an denen es Diana bereits wieder besser
ging. Sie aß wieder normal und ging alleine zur Toilette. Das

einzige was ihr mehr als komisch vorkam, war, dass sie kaum jemanden zu sehen bekam. Es war der fünfte September, als der Arzt zu ihr kam und ihr mitteilte, dass es ihr soweit wieder gut ginge sie übermorgen abgeholt werden würde.

„Wie geht es Al und dem Fahrer?" - fragte sie besorgt.

„Dazu kann ich nichts sagen!" - war nur die knappe Antwort und auch der Doktor verließ ohne weitere Worte den Raum.

Wieder ärgerte sie sich und sie dachte, dass sie wohl alle gute Arbeit geleistet hatten, schließlich war sie wohl relativ schnell wieder auf den Beinen – aber ihnen hatte jedoch niemand Anstand beigebracht. Nach ihrer Entlassung würde sie ein ernstes Wort mit dem Chef reden müssen, beschloss sie.

Am nächsten morgen, nach dem Frühstück, geschah dann schon wieder etwas, womit Diana nicht gerechnet hätte. Die Krankenschwester – die scheinbar nicht reden wollte, hatte einen kleinen Fernseher unterm Arm. Den stellte sie auf die Eichen-Anrichte, die am Fußende von Dianas Bett war. Sie steckte den Stecker ein. Die Fernbedienung entnahm sie aus ihrem weißen Kittel und legte sie auf das Nachtschränkchen, dass links neben dem Bett war. Ohne Worte verließ sie wieder den Raum. Und D. schaute ihr verdrossen hinterher.

„Was soll das nun wieder" - murmelte sie und schaute auf die schwarze, kleine Fernbedienung. Sie nahm sie und schaltete das TV-Gerät ein. Wohin sie auch zappte... es kamen nur Berichte von einer Beerdigung - von IHRER Beerdigung! D. stockte der Atem.

„Was in alles um der Welt geht da vor?" - schrie sie empört
heraus, wohl wissend, dass keiner außer ihr im Zimmer war –
und selbst wenn... sie hätte keine Antwort erhalten! Nur eines
war ihr nun klar... auch, warum sich keiner so richtig mit ihr
unterhielt – da lief ein mehr als seltsamer Film ab. Oder besser
– ein unglaubliches Spektakel! Warum, um alles in der Welt,
täuscht da jemand meinen Tod vor? - fragte sie sich und die
reinste Wut brodelte in ihr! Wenn nun wieder einer ins Zimmer
käme – er oder sie – müsste Antworteten haben! Gute
Antworteten! Doch es kam keiner! D. beschloss dann
irgendwann, als sie es nicht mehr aushielt, einfach zu gehen.
Sie war total aufgewühlt... dass ihre Kinder, mit ernsten Minen,
hinter dem Sarg hergelaufen waren, ließ ihr fast das Herz
zerreißen! Weinend schmiss sie die Fernbedienung, die sie
immer noch in der Hand gehalten hatte, voller Wut auf den
Fernseher. Doch der wackelte nur und lief weiter. Sie bekam
noch mehr Wut in den Bauch, als sie Charlie sah, der ein
ebenso trauriges Gesicht machte, wie seine Kinder.

„Schauspieler" - schrie sie das Fernsehbild an. Dann zog sie
erst den Stecker und warf mit einer Handbewegung den
kleinen, flachen Fernseher zu Boden. An der Seite, links neben
dem Bett war ein hölzerner Wandschrank, den öffnete sie jetzt.
Darin waren eine Jeans und eine einfache weiße Bluse. Nicht
der Stil, wie sie ihn normalerweise trug, aber alles in ihrer
Größe. Die Bluse in Größe 36 und die Pumps in Größe 43. D.
zog die Sachen, immer noch sehr verärgert, an. Sie trat aus dem
Zimmer. Beinahe hatte sie es schon erwartet – keine

Menschenseele auf dem langen Flur, der im halbdunkel lag, da es draußen trübe war, aber noch kein Licht im Haus brannte. Mit schnellen Schritten lief sie die paar Meter, bis sie an eine dicke Glastüre kam. Sie war verschlossen! Aber eine Kamera, die hinter der Tür an der Decke angebracht war, bewegte sich nun in ihre Richtung. Als die Kamera D. erfasst hatte, blieb sie stehen – weiterhin auf D. gerichtet. D. war klar, dass sie beobachtet wurde.

„So eine Unverschämtheit" - murmelte sie vor sich hin - „... man hält mich hier gefangen! Das wird Konsequenzen haben! - sagte sie dann noch, nun etwas lauter. Und sie rüttelte an der schweren Tür, die sich kaum bewegte.

Dann setzte sie sich auf die hölzerne Bank, die im Flur stand. Verzweifelt und wütend stützte sie ihr Kinn auf die Arme, die sie auf den Schoß gestützt hatte.

Kapitel 3

Aus den Augenwinkeln sah sie eine Bewegung und sie schaute in die Richtung. Die schwarze Eingangstür öffnete sich, Licht kam kurz herein und eine dunkle Gestalt näherte sich im Gegenlicht der Glastüre. Im schwachen Licht konnte D. nur erkennen, dass es sich wohl um eine Frau handelte, die sich graziös auf sie zubewegte.

D. hielt es auf ihrem Platz nicht mehr aus, sie stand auf und ging wieder auf die Glastüre zu. Nun war die Frau nur noch wenige Meter von Diana weg und sie erkannte die Frau – sie konnte es nicht glauben, wer da auf sie zukam. Mit allem hatte sie gerechnet, nur nicht damit!

Als die Frau nur noch einen Meter von D. weg war, machte es Klick, in der Glastüre, die sich dann, wie von Geisterhand öffnete und zur Seite schwang.

„Eure Hoheit" - sagte Diana - „... euch hätte ich hier nicht erwartet! Das jemand aus der Familie so etwas angezettelt hätte, hätte ich noch erwartet, aber dich – Königin S. ... hier zu sehen, dass war das letzte, worauf ich gekommen wäre... S. – warum?"

Doch statt zu antworten nahm Königin S. Diana erst einmal in den Arm.

„Komm, wir setzen uns" - sagte sie mit sanfter Stimme und schaute in Richtung der Bank. Sie setzten sich.

Als sie saßen schaute D. in S. Augen und wiederholte ihre Frage - „Warum S.?"

„Liebes, ich weiß, wir hatten nie viel miteinander zu tun – sind nicht einmal miteinander verwandt. Aber immer wenn ich dich sah, sah ich irgendwie in meine eigene Vergangenheit. Oh, wenn du meinst, wir hätten nicht viel gemeinsam... das mag auf den ersten Blick stimmen, dennoch fühlte ich immer eine gewisse Bindung zwischen uns. Frag nicht warum. Jedenfalls konnte ich nicht mitansehen, wie dir geschah. Vieles war einfach nicht richtig! Und nun war für mich Zeit zu handeln. Ich konnte weder dich noch sonst wen einweihen, da ich keine Zustimmung erhalten hätte. Aber mein Bauchgefühl sagte mir, dass ich tätig werden musste. Nach reiflicher Überlegung entschied ich mich für diesen dramatischen Schritt! Es war alles bis ins Detail geplant und hat auch viel Geld gekostet. Aber ich konnte das nicht weiter mitansehen!"

Und mit den Worten - „Du wurdest zusehends Krank, Liebes" - nahm S. D. wie ein Kind schützend in den Arm, worauf D. gleich bitterlich zu Weinen anfing.

Kapitel 4

„Und wie geht es nun weiter?" - fragte D. besorgt - „... was wird aus meinen Kindern? Was machen die – ohne ihre Mama? Wie hast du dir das vorgestellt, S.? Du glaubst doch nicht, dass ich ein Leben ohne meine Kinder leben kann... ich muss sie doch sehen!" - sagte sie nun empört.

„Stelle dir vor, alles wäre passiert, wie sie es in den Berichten jeden Tag zeigen... du wärest in dem Auto gestorben. Sie müssten trauern, wie sie es tun. Dann müssten sie, wie jeder andere auch, irgendwann die Trauer beenden und in eine Zukunft schauen. Harry in seine Zukunft und William in eine andere Zukunft. Beide werden ihren Weg gehen, genau wie die anderen Familienmitglieder."

„Du hättest das nicht tun dürfen, S.! - wenn ich auch verstehe, warum du es tatest! Es stand dir aber nicht zu! Es ist mein Leben!"

„Das stimmt – es ist dein Leben, und ja, ich hatte nicht das Recht dazu, so etwas zu tun! Aber mein Gedanke war... sie ist so zerbrechlich. Du warst immer so eine zarte Porzellanpuppe für mich – und nicht nur für mich, sondern für ganz viele Menschen. Wie gesagt – du wärest zugrunde gegangen... langsam und schleichend – oder durch ein Rasiermesser an deinen Adern. Das konnte ich nicht zulassen... musste versuchen das zu verhindern. Du bist so ein wertvoller Mensch, wie es nur wenige auf der Welt gibt. Ich habe das Ende nur nach vorne geschoben... auf meine Art. Und ja, ich gebe es noch einmal zu. Ich hätte es nicht tun dürfen. Doch die Stimme in meinem Hirn befahl es mir! Ich tat es quasi unter Zwang. Ich will aber deine Frage noch beantworten. Nun, wenn du deine Gedanken geordnet hast und vielleicht einsiehst, dass ich gegebenenfalls doch richtig gehandelt habe, dann wirst du leben können wo und mit wem du willst. Entweder hier bei mir im Palast, oder irgendwo sonst auf der Welt."

„Aber ich bin keine Prinzessin mehr!"

„Nein, Liebes, dass bist du nicht mehr" - sagte S. und strich ihr dabei über die Haare – aber du wirst leben – und, wie ich hoffe, irgendwann glücklich, mit einem Mann an deiner Seite, der dich aufrichtig liebt. Der dich anbetet – so, wie du es verdient hast. Ich habe sogar einen Ausweis für dich machen lassen. Du heißt von nun an Diana McGee. Niemand sonst weiß davon. Du kannst unbesorgt leben. Ich werde für dich sorgen oder du gehst arbeiten. Das ist deine Entscheidung!"

„Okay" - sagte D. und stand auf. S. tat es ihr gleich und sie verließen das Haus.

Und D. lebte fortan an einem Platz, an dem sie sich wohlfühlte. Irgendwann wusste sie, dass S. richtig gehandelt hatte.

Ende?
Für Inge... und jeden dem es gefällt...